I0654867

Pietro Chiari

Moliere, der eifersüchtige Ehemann

Ein Lustspiel von fünf Aufzügen

Pietro Chiari

Moliere, der eifersüchtige Ehemann
Ein Lustspiel von fünf Aufzügen

ISBN/EAN: 9783742808912

Hergestellt in Europa, USA, Kanada, Australien, Japan

Cover: Foto ©Andreas Hilbeck / pixelio.de

Manufactured and distributed by brebook publishing software
(www.brebook.com)

Pietro Chiari

Moliere, der eifersüchtige Ehemann

Moliere,

der eifersüchtige Ehemann;

ein Lustspiel

von fünf Aufzügen.

Dem Italienischen des Herrn Abbten
Chiari nachgeahmet,

und

auf der Kaiserl. Königl. privilegirten
teutschen Schaubühne zu Wien aufgeführet
im Jahr 1764.

Zu finden,
in dem K. K. privilegirten Zeitungsverlag,
im neuen Michaelerhauß.

Personen.

Moliere, ein französischer Schau
ler und Dichter.

Guerrina, seine Frau.

la Brie, eine Schauspielerin von
selben Gesellschaft.

Valerio, ein Schauspieler von
selben Gesellschaft.

Leander du Chapel, Mol
Freund.

Marquis d'Estramb, ein Ho
ter.

Foresta, Magd des Moliere.

Ein Diener, der nicht redet.

Der Schauplatz ist zu Chambord in M
Hause.

Erster Aufzug.

Erster Auftritt.

Zimmer in Moliers Hause mit zwey Seiten=
thüren, und einem Schreibtische.

**Moliere, am Tische studirend, und
Valerio.**

Valerio.

Moliere! herumtretend.

Mol. Ich bin nicht zu Hause. ohne den Kopf
u verwenden.

Val. Es verlangen sie einige Personen.

Mol. Sie mögen zum Henker gehen, ich
lasse niemanden vor.

Val. Das Mittagmal iſt aber ſchon fertig.

Mol. Eſſe wer immer will, laſſet mich itzt ſtudjeren. Er ſchreibet wieder.

Val. Das iſt ein wenig zuviel, mein Freund! Den ganzen Tag zu ſchreiben. Was machen ſie denn mit ſo großer Eilfertigkeit?

Mol. Ich unterhalte mich als ein Schauſpieler, und verfaſſe eine Nachſchrift.

Val. Etwa eine Comödie?

Mol. Gehen ſie nur, ſie bringen mich ſonſt aus der Entzückung.

Val. Wie heiſſet der Titel von der Comödie?

Mol. Der gezwungene Arzt.

Val. Nun begreiffe ich alles: ihr Hauswirt iſt itzt ihre Sorge, der ſie aus dem Haus ſtieß.

Mol. Der ſtäupenswürdige Arzt! (er leget die Feder nieder.) der ungelehrte Docter! ich will ihm den Lorberkranz der Arzneykunſt, auf der Schaubühne geben. Warum machte er mir Verdruß, da er wohl wuſte, wer der Moliere iſt? er ſoll erfahren, daß ein aufgebrachter Dichter immer wie ein Vieh wüttet. Es war für ihn eine Ehre, daß ich in ſeinem Hauſe wohnete, ich habe auch niemals verzögert ihm das Mietgeld zu bezahlen. Und um eines ſchlechten Gewinnſtes willen, da ihm die dü Parc um ein paar Gulden des Monats mehr anbiettet, treibet er mich in ein ander Land! ſie nimmt der gehobelte Arzt in ſein Haus auf, und mich nöhtiget er von meinem Theater zu gehen. Ich will nicht Moliere ſeyn wenn ich ſchweige. So lang ich lebe,

will

will ich, daß er, und seines gleichen sich in die Finger beißen sollen.

val. Das ist alles recht, aber so vieles Studieren schadet je.

Mol. Ich muß diese Comödie geschwind vollenden, es fehlen mir nur noch einige Verse, die Parte sind bereits herausgezogen, wenn sie den ihrigen studieren wollen, so nehmen sie ihn, und gehen sie fort. (er nimmt die Feder wieder um zu schreiben.) In zwey Tagen will ich sie auf der Schaubühne aufführen.

val. Bey Hofe sind nicht mehr, als vier Stücke noch vorzustellen, und warum sollte man wegen einziger vier Stücke, so geschwind eine neue Comödie aufführen? wir haben bisher die Prinzeßin von Elis erst zweymal vorgestellet, das ist eine Comödie, welche der Hof gar gerne noch drey oder viermal sehen wird, wie er sie gestern sah. Sie haben sie zwar auch allzugeschwind aufgeführet, aber sie erhält doch von jedermann Beyfall.

Mol. Die verwünschte Comödie! daß ich sie nimmermehr geschrieben hätte! (er leget die Feder wieder weg, und stehet vom Tische auf.) Aber sie soll nicht mehr aufgeführet werden. Ich will sie verbrennen.

val. Das sind Torheiten. Diese Comödie machet ihrer Frau eine unerhörte Ehre.

Mol. Aber ihrem Manne machet sie sehr wenig.

val. Die Leute kamen hauffenweise um ihr öffentlich Lob zu sprechen.

Mol. Das ist eben meine Schande.

Val. Da ich sah, daß ihr der Hof solchen Beyfall gab, erweiterte sich mein ganzes Herz.

Mol. Und mir ward der Kopf schwer. Verwünscht sey die Comödie, und verwünscht sey der Tag, in welchen ich sie angefangen habe zu schreiben. Mit dieser fiengen, leider! alle meine Plagen an. Um der eigensinnigen Begierde der Gemeine Genüge zu thun, vermisset Moliere seine Ruhe, weil er keine Frau mehr hat. Da ich sie den Augen des Hofes so ausgestellet habe, scheinet es, als wenn ich sie öffentlich feil gebotten hätte. Vom Parterre, und aus den Logen wirft jedermann Blicke auf sie. Auf dem Theater küssen ihr alle, mir zum Hohne, die Hand; und die unverschämte scherzet mit jedwedem, so, daß man müßte aufgebracht werden, wenn man von Holze wäre. Ach nein zum Elemente! Moliere ist ein ehrlicher Mann, er stellet seine Frau nicht aus, daß sie Buhlerey treibe. Und wenn die Madame so fortfährt, so schwöre ich bey meiner Ehre, sie soll mir nimmermehr agiren.

Val. Freund, die Madame ist ja eine Schauspielerin.

Mol. Die Madame ist aber mein Weib.

Val. Ein Schauspieler soll gar keine Frau nehmen, wenn er sie, wie ein hinterlegtes Gut verwahret halten will.

Mol. Ich habe die Dummheit einmal begangen: das sehe ich gar wohl ein, mein Freund! nun ist kein Mittel mehr für mich. Ich dachte durch die Verbindung mit Guerrinen mein Glücke zu machen: aber ich habe eine Frau geheiratet, die mir den Tod bringet: darum bin ich auch des Lebens bereits überdrüßig. Ich liebe sie aufrichtig: und wenn ich mit den Zähnen knirsche, indem sie von allen Officieren und Höflingen mündliche Posten, Briefgen, Bedienungen, und Handküsse annimmt, würde sie es gar nicht achten, mich vor Zorne sterben zu sehen. Ach Weiber! die ihr alle zu unserm Schaden gebohren seyd, daß euch alles Unglück = = =

Val. Nein, Moliere, das Unglück würde uns selbst treffen: wenn wir das Frauenzimmer beleidigen, werden die Leute' nicht mehr so Hauffenweise zur Comödie kommen, wie sie jetzt thun. Ein Eifersüchtiger hat immer hundert Augen, die aber wenig einsehen. Das sind ja nichts als lauter Schwachheiten von der Madame: sie mag wohl ein wenig eitel seyn: aber für untreu halte ich sie nicht: denn ich sehe, daß sie noch immer, wie vorhin, eine gute Frau ist.

Mol. Ich dächte vielmehr, es gäbe keine schlimmere. Die allergetreueste Gattinn ist immer die schlaueste. Der meinigen traue ich nicht: vielleicht würde ich einer anderen trauen.

Val. Das heisset wohl Mittel aussinnen, um sich selbst zu peinigen. Ey geben sie sich doch zufrieden: was wollen sie den thun?

Mol. Mein Weib ift meine Pein. So lan= ge wir zu Chambord find, foll fie mir nimmer auf das Theater kommen.

Val. Wenn fie die Madame verhindern ih= re Rolle zu fpielen, werden fie den Teufel im Haufe haben.

Mol. So werden alsdann ihrer zweye feyn : einen habe ich ehe fchon im Herzen. Helfen fie mir nur, daß der andere nicht auch feine Gewalt brauche.

Val. Auf welche Weife ?

Mol. Das follen fie mit der Zeit erfahren. Wenn fie mir an die Hand gehen, foll man heute die Prinzeßinn von Elis vergebens er= warten.

Val. Ich will thun, was fie verlangen : aber forgen fie nur die Madame nicht auf= zubringen.

Mol. Da kömmt fie: gehen fie nun: wenn fie uns beyfammen fähe, würde fie in man= cherley Mutmaffungen gerahten.

Val. Ich werde mich alfo entfernen. (ab.)

Au=

Anderter Auftritt.

Guerrina, Moliere.

Moliere.

Ich bin voller Zorn, wenn ich sie nur sehe: und dennoch quälet mich die Liebe. Er kehret ihr den Rücken zu, nachdem er sie angeschauet hat. Möchte sie doch klüger, oder in meinen Augen nicht so schön seyn!

Gue. Wer würde das gedacht haben, daß gestern die Prinzeßinn von Elis ein so grosses Lob hätte erhalten sollen? ich empfange von allen Seiten Glückwünsche, und Ehrenbezeugungen. Jedermann saget: der grosse Moliere, der ist ein Meister in seiner Kunst. Alle wünschen die Comödie zu sehen.

Mol. Das heisset: sie wünschen die Madame wieder zu sehen. (spöttisch.)

Gue. Ich kan es in der That nicht läugnen: jedermann hatte mit mir Geduld; und diese Comödie ist mir die allerwehrteste: aber einige Auftritte sollen noch einmal vor die Hand genommen werden: ich möchte, daß mehr Zärtlichkeit herrschete, wo von der Liebe gehandelt wird; daß gewisse Verse wegblieben, welche den Mund verstalten, daß sie voller Lebhaftigkeit wäre = = =

Mol. Aber. = = das kömmt ja nicht auf mich an. spöttisch. Wenn die Madame nur einige Augenblicke vor dem Nachttische sitzet, wird sie mehr ausrichten, als Moliere in drey Tagen an seiner Schreiblehne. Ein wenig mehr Röh=

te

te auf deinem Geſicht, wird der Comödie mehr Reitze geben, als meine Dinte. Gewiſſe verſtohlne, aber beredſame Blicke auf den Parterre; ein gewiſſes ſchmeichelhaftes und angenehmes Lächeln wird auch den ſchlechtern Auftritten Ehre machen, und die Madame, wenn ſie will, bis an die Sterne erheben. In dem iſt ſie eine Meiſterinn, und Moliere weichet ihr gerne: denn eine Schauſpielerin, und eine Buhlſchweſter ſind nunmehro einerley Gewerbe.

Gue. Das iſt keine ganz neue Sprache in deinem Mund.

Mol. Deine Frechheit iſt aber nicht mehr neu. Ich nehme ſchon lange wahr, daß du nicht mehr die ſittſame Guerrina biſt: Moliere iſt nicht mehr der einzige Gegenſtand deines Vergnügens: du haſt mehr als hundert Herzen in der Bruſt, damit du einem jedweden eines geben mögeſt. Schäme dich, wie ich mich für dich ſchäme. Das thun die Frauen ehrlicher Männer nicht. Ich ſtelle dich nicht auf die Schaubühne, damit du Liebhaber werben ſolleſt; ſondern damit du Brod gewinneſt: und wenn ich andre durch die Hechel ziehe, will ich nicht, daß man mir ſage: Moliere, nimm dich ſelbſt bey der Naſe.

Gue. Ich danke dem Himmel, daß ich von Natur geduldig bin, ſonſt würde es wohl ein wenig hitzig zugehen. Wer ſollte das glauben: Guerrinen hält ihr Mann für eine Unverſchämte; und warum? weil ihr ein oder anderer Höfling Lob ſpricht, und mit den Hän=

den

den klatſchet. So würde es dich freuen, wenn man mich auf dem Parterre, und in den Logen auszischete? Wenn dir deine Eiferſucht ſo räht, iſt das eine Liebe zu einer Frau, oder iſt es eine Unſinnigkeit? es ſind nicht ſchmachtende Dichter, Schauſpieler, oder Tänzer, die ſich mit tollen Geberden vor mir beugen; ſondern es kömmt etwa ein Junker zu mir, den man nennen darf: und ich bin gewohnet mit den Leuten höflich umzugehen, und ſie nicht wegzuſchaffen.

Mol. Wir wollen ſehen, ob du mit mir eben ſo höflich umgeheſt: ich bin doch ein ehrlicher Mann, wenn ich gleich kein Höfling bin. Erweiſe mir die Gnade, und ſtelle dich ſo lange krank, als wir bey Hofe ſeyn werden.

Gue. O das nicht, mein Herr: Ich haſſe die Lügen.

Mol. Wenn du dich für unpäßlich ausgiebſt, redeſt du die Wahrheit: du haſt eine Unpäßlichkeit, und das iſt deine Eitelkeit.

Gue. Die haben alle Frauenzimmer, und man hält ſie ihnen zu Gute.

Mol. Von andern weis ich nichts. Aber ich bin dein Mann, und muß dir von einem Ubel helfen, welches mich ſehr ſauer ankömt. Es erſcheinet ein Diener. Wenn jemand kömt, ſaget, die Madame iſt unpäßlich. Die Prinzeßinn von Elis kann heute nicht aufgeführet werden: nehmet den Zettel davon ab, und hänget einen andern aus. Diener ab. Guer. weinet vor Zorn ohne zu reden. = = = Was iſt das? Weineſt du? Ich habe es ja geſaget: an den

Au-

Augen und blaßen Lippen sehe ichs, daß du eine Krankheit hast.

Gue. Ich habe den Henker, der dich holen soll. Das ist alle Liebe, die Moliere für mich hat? er will, daß ich mir nicht einmal Ehre machen sollte. Ich sehe wohl ein, woher es kömmt. Deine theure La Brie fürchtet, ich möchte ihrs noch zuvor thun. Sie will allen Beyfall für sich allein haben. Weil ich aber mehr gefalle, als sie, so spielet sie mir diesen Streich. Der verwünschte Neid war vorhin ein Diener der Hölle, jetzt herrschet er unter den Schauspielern. Und sie, Herr Gemahl, machen ihrer Frau solche Pein, um der Begierde der neidigen la Brie Genüge zu thun. Es nimmt mich sehr Wunder, daß unter dem Schnee dieser Haare noch das Feuer brennet.

Mol. Das ist lauter unnützes Geschwätze, Madame. Ich bin der Brie ihr Freund: im übrigen, mag sie jung oder alt seyn, es ist mir gar nichts daran gelegen. Wenn du nicht willst, daß sie deine Rollen spiele, soll es nicht geschehen, Aber du bleibe zu Hause, und mache dir keine Hofnung auſſer Paris mehr zu agiren, wenn auch ein jeder beym Eingange vier Louis-dor zahlen sollte.

Gue. Der König hat alsdann zu befehlen, und ich werde meine Schuldigkeit thun.

Mol. Für meine Frau Gemahlin bin ich allein König. (ab.)

Drit=

Dritter Auftritt.

Guerrina, la Brie.

Guerrina.

Ich irre mich nicht : la Brie möchte mich stürzen, weil ich sie zur Eiferssucht reize. Wenn sich unter den Schauspielerinnen nur eine hervorthut, so reden die andern alles Böses von ihr, um ihren Ruhm zu verkleinern. Da kömmt sie eben her.

Brie. Madame, ich möchte doch wissen, wer ich denn unter dieser Gesellschaft bin? Ob ich keine Achtung verdiene? ob es auf dem Theater nichts gilt, wenn man von mir ein Billet hat? Wissen sie, daß ich gestern der Madame Argimena eines gab, daß man sie in das Theater einlassen sollte.

Gue. Und wissen sie, daß sie die Frau desjenigen ist, der mich aus dem Hause gestossen hat, um einen andern hinein zu nehmen.

Brie. Das thut nichts. Ich habe sie aber selbst in das Theater geschicket.

Gue. Und ich habe sie selbst hinausgeschaffet.

Brie. Das war eine Vermessenheit: denken sie ja nicht, Madame, daß ich ihre Rosa, oder Foresta bin.

Gue. Wenn sie eine von meinen Mägden wären, wollte ich ihnen den Kopf waschen, und würde ihnen sagen, daß man den Frauen ihre Männer lassen, und sie nicht verführen soll, daß sie mit den Frauen hart verfahren:

ich)

ich würde ihnen sagen, daß sie nicht über mich, sondern über sich selbst klagen müssen, wenn ich es auf der Schaubühne dahin bringe ihre Eifersucht rege zu machen.

Brie. Ich sollte für sie Achtung haben? jetzt bringen sie mich wohl zum Lachen, ob ich gleich keine Lust habe (ich möchte vor Zorne bersten.) Sehe man doch, ob ich diese Figur zu fürchten habe! Es braucht mehr, Madame, wenn man sich ein grosses Ansehen erwerben will, als in den Logen und auf dem Parterre einen Hauffen dummer und lächerlicher Liebhaber zu haben, die mit den Händen klatschen, und mit Füssen stampfen, sobald sie sie nur sehen. Der wahre Beyfall, meine Freundin, ist jener, welchen man uns giebt, nachdem wir die Rolle gespielet haben, und nicht bevor man noch das Maul aufthut. Und diesen hab ich auch sehr oft erhalten.

Gue. Mit ihnen gehet es aber schon zu Ende, und ich fange erst an.

Brie. Mit mir gehet es noch zu Ende. Ich beneide sie um ihre Jahre gar nicht, denn ich habe noch sehr viel übrig, um ihnen Verdruß zu machen.

Gue. Meinenthalben. Sie sollten aber von meinen Handlungen besser reden.

Brie. Sie sollten aber der Madame Argimena thun, was ich ihr thun würde.

Gue. O, für sie ist im Theater, weder Loge, noch Bank.

Brie. Sie wird aber dennoch eine finden, oder wir werden keine Comödie mehr haben.

Gue.

Gue. O wehe! wenn sie nicht mehr agiren, wird wohl die Welt einstürzen. (spöttisch, und ab.)

✕✕✕✕✕✕✕✕✕✕✕✕✕✕:✕✕✕✕✕✕✕✕✕✕✕✕✕✕

Vierter Auftritt.

La Brie, Moliere.

La Brie.

Sie will auch ausser dem Theater eine Prinzeßin machen, das ist gar zu viel = = =

Mol. Madame, ich suche sie eben. Da haben sie einen Part, in dem gezwungenen Arzte. Er ist zwar ein wenig lang, aber mit ihrem guten Gedächtnisse, und ihrer Lust zu studieren, können sie alles thun. Man soll ihn morgen auswendig können = = =

Brie. Geben sie ihn, ihrer Frau, sie ist die einzige Stütze des Theaters, ich bin für nichts mehr zu achten, mit la Brie gehet es schon zu Ende. Guerrina soll studiren, lernen, sich Ehre machen; wenn ich mir noch keine gemachet habe, so ist hinführ Zeit, daß ich schweige.

Mol. Was zum Henker! haben sie miteinander? mein Weib ist eine Närrinn.

Brie. Ich will, daß man Achtung für mich habe. Seit dem aber ihre Frau da vor dem Hofe groß scheinet, dünket sie sich, ich weiß nicht, was zu seyn: und hat gestern die Madame Argimena, die von mir ein Billet hatte, vom Theater gejaget.

Mol. Sie hätte sie zum Henker jagen sol-len. Guerrina verleget sich zwar sonst auf die Kunst in allem unrecht zu thun: aber in die-sem Falle hat sie recht.

Brie. Je nun! so geben sie ihr den Part. Wenn man der Madame Argimena den Ein-gang nicht verstattet, so reden sie mir von kei-nem Parte, weil ich stumm und taub seyn werde.

Mol. O das ist was anders: die Rache ist nunmehr vollbracht. Meine Frau ist beleidi-get worden, und ist ihr auch Genüge gesche-hen. Wenn die Madame ein so grosses Ver-langen hat, in das Theater zu gehen, so wol-len wir thun, als wenn sie zahlete: ich will es von dem Meinigen hergeben.

Brie. O nein, mein Herr. Mein Wort muß ihr genug seyn. Ich bin nicht so hungrig, daß ich ein paar Gulden ansähe.

Mol. Nun nehmen sie den Part: ich wer-de schon ein Mittel finden.

Brie. Wann sie es werden gefunden haben, alsdann will ihn annehmen. (ab.)

Fünf=

Fünfter Auftritt.

Moliere.

Das ist mir allein noch abgegangen, daß ich alle Schaubühnen, Comödien, und Schauspieler verwünsche, die immer auf der Welt seyn mögen. Die heutige Vorstellung aufzuschieben, wird mich gar nicht schwer ankommen: es muß die Entschuldigung hinlangen, daß Guerrina unpäßlich ist. Wenn sich aber la Brie weigert, morgen zu agiren, so muß es Guerrina thun, und hilft keine Entschuldigung. Ach! möchte das doch nimmermehr geschehen! Moliere, der Streich ist unvermeidlich. Wenn du sie noch einmal öffentlich aussetzest, so verlierest du dein Weib vollends. Und ich mag immer die Rolle des Erast, oder des Celio spielen, so werden sie doch mich nicht den braven Moliere; sondern den braven Cornelius nennen.

B   Zwey=

Zweyter Aufzug.

Erster Auftritt.

Leander, Foresta.

Leander.

Hat Moliere schon abgespeiset?

For. Er speiset eben itzt.

Lea. Wenn es erlaubet ist hineinzugehen, so sage ihm, daß ich drey Meilen weit herkomme, um den Magen mit einer Flasche von seinem Weine zu schliessen.

For. Sie kommen itzt zur Unzeit. Er hat Händel mit seiner Frau.

Lea. Warum prügelt er sie nicht? die Weiber fürchten sonst nichts, als die Schläge.

For. Wenn sie mein Mann wären, würde es wechselsweise Schläge setzen.

Lea. Was giebt es denn neues? was hat ihm die Madame gethan?

For. Er klaget, daß sie ihn nicht recht liebet, wie sie sollte.

Lea. Ein eifersüchtiger Dichter? ein eifersüchtiger Schauspieler? Ich mag nichts mehr davon hören. (als wollte er abgehen.)

For. Hören sie doch das übrige auch: weil man bey Hofe an ihr Wohlgefallen hat, will er sie nicht mehr auf das Theater gehen lassen.

Lea. Er ist, meiner Treue, ein Narr. Wer hat den poetischen Kopf beredet, daß es genug sey, die Weiber zu Hause zu lassen, um

sie

sie zu hüten? Das ist ja nichts anders, als die liebe Milzsucht, welche ihm seine verwünschte Milch verursachet. Wein, Wein muß es seyn, der den schwarzen Saft auflösen soll. Der begeistert das Geblüte, und erhält den Menschen frölich. Bey der Tafel werde ich neu gebohren, und weis alle traurige Gedanken in die Flasche zu begraben. Wenn die Comödie aus seyn wird, will ich den Moliere anzechen, und seine Eifersucht wird geheilet werden.

Fot. Heute ist keine Comödie.

Lea. Es wird aber wohl eine seyn. Die Madame soll nur an den Nachttisch gehen, und sich als eine Prinzeßinn in der Gala aufputzen. Wenn er sie nicht will agiren lassen, so will ich die Sache ausbreiten, daß Moliere eifersüchtig ist, und so werde ich ihn lächerlich machen. ab.

Fot. Er ist wohl aufgeleget das zu thun: und mehr braucht es nicht um der Frau einen Dorn aus dem Herzen zu ziehen. Was thut sie denn Böses? Wir sind Frauenzimmer, und haben ein Wohlgefallen daran, wenn wir gelobet werden. Es würde Molieren auch nicht gefallen, wenn sie ausgezischet würde. Da ist er mit dem Valerio. Wer weis, was sie vorhaben: ich will Wache halten, damit ich was entdecke. Sie stellet sich unter einen Vorhang von den zwey Thüren.

Anderter Auftritt.

Moliere, Valerio.

Moliere.

Wohlan: was saget la Brie? haben sie sie
beredet?

Val. Sie hat den Part angenommen, und
wird ihn bis morgen auswendig können; doch
mit der Bedingung, daß heute Comödie seyn
soll.

Mol. Das ist ein Meisterstreich! Es scheinet, daß ihr Genüge gethan wird: und da-
durch vermeide ich meinen Schimpf.

Val. Es ist aber dennoch eine gefährliche
Sache. Die Madame ist schon fertig auf das
Theater zu gehen.

Mol. Ich will, sie solle krank seyn.

Val. Sie will aber gesund seyn. Und wenn
es der Hof erfährt, so machen sie sich beyde
lächerlich. Leander war auf dem Wege nach
ihrem Zimmer: und der kann nichts verschweigen.

Mol. Weil bey ihm der Wein redet. Aber
er mag sagen was er will: ich habe mancherley Entwürfe im Kopfe, von denen mir doch
einer, gewiß gelingen wird. Sie sind der einzige, der ihn gut ausführen kann.

Val. Was habe ich denn zu thun.

Mol. Lesen sie da. Er giebt ihm einen Brief.

Val. liest. „Madame, es ist endlich Zeit, daß
„ich ihnen mein Herz entdecke: und das thue ich

. in

„ in diefem Blatte, welches fich nicht fchä=
„ men kann. Wenn fie mir heute auf dem
„ Theater nur einen Augenblick gönnen, fo
„ will ich ihnen alle Liebe erklären, die ich
„ fühle. Indeffen fagen fie mir nur mit ei=
„ nigen Zeilen, ob ihnen das Gefchenke mei=
„ nes Herzens angenehm ift, fo will ich ih=
„ nen entdecken, wer ich bin. „ Ich verftehe
nicht, was fie damit haben wollen.

Mol. Sie follten diefen Brief meiner Frau
durch einen Unbekannten fchicken, nachdem fie
ihn mit ihrer Hand werden abgefchrieben ha=
ben. Die Antwort, welche fie darauf geben
wird, foll mich veranlaffen zu thun, was ich
gefinnet bin.

Val. Sie wird wiffen wollen, wer fchreibet,

Mol. Das muß ihr der Bote nicht fagen.
Die Antwort aber von ihr foll er mir bringen.

Val. Freund, fie richten fich einen verwirr=
ten Handel an,

Mol. Ich werde mich auch daraus zu wi=
ckeln wiffen. Setzen fie fich nur, und fchrei=
ben fie ihn ab.

Val. Ziehet die Schultern ein, und fetzet fich zum
fchreiben.

Mol. So möchte die Welt einfallen, wenn
man auf folche Weife leben müfte! wie follte
ich Galle im Herzen haben, und zugleich mit
dem Munde lachen können? Sollte fich Guer=
rina widerfetzen, fo habe ich nichts weiter von
ihr zu fürchten: widerfetzet fie fich aber nicht,
fo muß man zu dem äufferften Mittel fchrei=
ten. Ich will fie von den Augen der Leute
ent=

entfernet haben, so wird sie nicht mehr so ei=
tel, und ich gleichgültiger seyn. Wenn ich
nicht zugleich ein guter Schauspieler, und ein
guter Ehemann seyn kann, so mag der Hen=
ker die Handthierung holen

Val. Da ist er zu ihren Diensten. Er stehet
vem Tische auf mit der Abschrift in der Hand, und
läßt das Original vom Briefe liegen.

Mol. Gut: suchen sie jetzt einen von denen
auf, die sich zu allen Dingen brauchen lassen,
um Geld zu verdienen: drücken sie ihm einige
Gulden in die Hand, und ersuchen sie ihn, daß
er sich für den Bedienten eines Cavaliers aus=
gebe, den er nicht nennen darf: daß er mei=
ner Frau diesen Brief zustelle, und mir von
ihr die Antwort bringe.

Val. Ich gehe: allein ich fürchte, daß ich be=
schämt zurück kommen werde.

Mol. Ein Schauspieler ihres gleichen muß
das Maul aufthun. Stellen sie sich vor, daß
sie heute die Rolle des Trappola spielen.

Val. Ich möchte nicht, daß sich der Auf=
tritt mit Schlägen endete. Ab.

Mol. Jetzt muß ich den Leander aufsuchen,
damit er mit seinem Geschwätze nicht wieder
alles verderbe, was ich mache. Ab.

Drit=

Dritter Auftritt.

Foresta, hernach der Marquis d'Estramb.

Foresta.

Gut: ich habe alles verstanden. Weil ich
nun das Geheimniß weis, soll mir bey
meiner Ehre der Gräber selbst in die Grube
fallen. Sehe man doch, sie schauet auf den Tisch,
und findet den Brief, welchen sie nimmt, wie blind
eine schändliche Leidenschaft ist! sie vergessen da
das Original vom Briefe. Das will ich meiner
Frau bringen, und ihr sagen, was sie zu
thun hat.

Eftr. Guten Tag Foresta.

For. Unterthänige Dienerin. Im Begriffe ab-
zugeben.

Eftr. Wo lauffest du denn hin? = = = War-
te: ich habe dir, weis nicht, was zu sagen.

For. Entschuldigen sie mich, mein Herr: ich
habe nicht Zeit. wie zuvor.

Eftr. Nur ein halbes Wort.

For. Machen sie geschwind.

Eftr. Ist eine Comödie?

For. Das weis ich nicht.

Eftr. Wo ist Moliere?

For. Auf diesem Stuhle pfleget er zu sitzen.
Sie weiset auf den Schreibtisch.

Eftr. Jetzt ist er nicht da.

For. Er wird aber kommen.

Eftr. Du bist doch unhöflich.

For. Das haben mir schon mehrere gesaget. spöttisch.

Eftr.

Eſtr. Haſt du keinen Liebhaber?

For. Sollte ich keinen haben? iſt etwa ein Mangel an Aufwärtern?

Eſtr. Wie viele haſt du?

For. Viere = = fünfe = = =

Eſtr. Komm her: ſo ſind es ſechſe. Ich ſchäme mich nicht dich in meinen Schutz zu nehmen.

For. Ich werde ſie darum bitten, mein Herr, wenn ich ihn brauchen werde. ab.

Eſtr. Es iſt genug, daß ſie Schauſpielerinnen ſind.

Vierter Auftritt.

Moliere, und der Vorige.

Moliere.

Der ſuchet meine Frau)

Eſtr. Moliere, dein Diener.

Mol. Ihr Diener, Herr Marquis.

Eſtr. Ein wenig Excellenz würde mir eben nicht übel anſtehen. Es kömmt mir von meinem Stamme zu.

Mol. Eure Excellenz vergeben.

Eſtr. Weiſt du, warum ich herkomme?

Mol. Ich bitte um ein wenig Sie: Es kömmt mir aus Höflichkeit zu.

Eſtr. Ey! ein geſcheider Mann ehret ſich ſelbſt.

Mol.

Mol. Wir wollen also die Excellenz ihrem Lackeyen überlassen.

Esr. Der Hof schicket mich her, und verlanget zu wissen, warum heute keine Comödie, wie sonst ist. Die Prinzeßinn von Elis ist nicht mehr auf dem Zettel: und für morgen ist eine mit einem neuen Titel ausgehänget. Diese Comödie gefiel sehr, noch mehr aber die Madame: und der ganze Hof verlanget sie wieder zu sehen.

Mol. Wir würden die Prinzeßinn von Elis gerne wieder aufführen : aber meine Frau ist unpäßlich.

Esr. Unpäßlich ist sie? was fehlet ihr denn?

Mol. Ihre Krankheit hat keinen Namen.

Esr. Sie wird kostbar thun wollen. Der König will aber, daß sie agiren soll.

Mol Nun er soll bedienet werden : ich will sie durch eine andere vertretten lassen.

Esr. Nein, wir wollen die Madame. Sie hat eine gewisse Lebhaftigkeit, welche die Worte beseelet, und die Auftritte erhebet. Ohne sie wird Moliere zwar ein guter Dichter seyn; aber meine Aufmerksamkeit nicht erhalten.

Mol. Mit einem Worte, Moliere ist vortreflich, weil er eine schöne Frau hat.

Esr. Das sage ich eben nicht. Eine solche Schauspielerin würde einer anderen Feder eben Ehre machen. Eine liebenswürdige Gestalt, und ein paar verliebte Augen ergötzen die Zuhörer mehr, als hundert Scherzreden. Was man sieht, das gefällt weit mehr, als was man von einem andern sagen höret.

B 5   Mol.

Mol. Meine Frau ist unglückselig. Es ist eben soviel, als ob ich sie gar nicht hätte, wenn sie nicht agiren kann.

Estr. Da ist ja die Madame. Sie solle leben!

Mol. Ach du boshaftes Weib!

xxxxxxxxxxxxxxxxxxxxxxxxxxxx

Fünfter Auftritt.

Guerrina in einem herrlichen Comödien-kleide, und die Vorige.

Estramb.

Wie gehet es?

Guer. So, so-

Estr. Die Krankheit muß nicht gar schwer seyn. Die Gestalt ist ganz schön, das Aug lebhaft und gesund: Um den Leuten eine Freude zu machen, kann man sich schon ein wenig Gewalt anthun. Werden sie morgen agiren?

Guer. Ey ohne Zweifel, mein Herr!

Estr. Ich will dem Hofe sogleich diese Zeitung bringen, um ihm eine Freude zu machen.

Mol. Sie agiret nicht, sie kann nicht agiren.

Gue. Willst du dich denn mit diesen Unge-reimtheiten heute in einer Gefahr sehen.

Estr. Ich muß diese Hände küssen. (er küßt ihr die Hand.)

Mol. Ist das kein Unrecht? (zu Guerrina.)

Gue. Das sind Höflichkeiten.

Estr. Die Madame ist für den Hof gebo-ren. Leben sie wohl! = = = Ich lasse ihnen

zum wenigſten drey viertel von meinem Her=
zen da. (ab.)

Mol. Möchte er doch auch viertelweiſe,
wie der Mond hingehn.

×××××××:××××××××××××××××××

Sechſter Auftritt.

Guerrina, Moliere.

Guerrina.

Itzt ſind wir allein. Itzt iſt dir alles erlau=
bet. Wenn die Frauen fehlen, ſchilt
man ſie unter vier Augen aus, aber öffent=
lich. = = =

Mol. Oeffentlich ſoll dir kein andrer die Hän=
de küſſen.

Gue. Das iſt ein Zeichen, daß ich zu leben
weis, und nicht mit unhöflichen Leuten umge=
he. Du ſolleſt mir danken, daß ich dir eine
Ehre zu machen weiß.

Mol. Eine Ehre = = eine Ehre? = = = der
Henker! = = = gehe jetzt, und ziehe dich aus.
Man erwartet dich heute vergebens auf dem
Theater. Ich bin das Haupt von der Geſell=
ſchaft, und dein Mann: wenn ich ſage: ziehe
dich aus, will ich, daß man gehorſame.

Gue. Der Hof will eine Comödie haben:
darum habe ich mich angezogen. Wann ſie
aus ſeyn wird, alsdann werde ich mich aus=
ziehen.

Mol. Es iſt keine Comödie: darauf magſt
du dich verlaſſen.   Gue.

Gue. Wenn im Theater keine ist, werden wir zu Hause eine machen.

Mol. Zu Hause brauchest du dieses Gezelt nicht. Er welset auf den Reifrock. Da darfst du weder Grafen, noch Baronen gefallen.

Gue. So will ich mir selbst gefallen, und dir zu Trotze auch mit diesem Gezelte zu Bette gehen.

Mol. Madame, nicht so viel Geschwätze. Ich will nicht, daß du agirest.

Gue. Und ich will mich nicht ausziehen.

Siebender Auftritt.

Leander, und die Vorigen.

Leander.

Was ist denn das für 'ein Katzengefechte? sind denn alle in diesem Hause zu Narren geworden? daß doch unter Schauspielern immer ein Gezänke seyn muß! vorhin war Moliere ein Narr aus Melancholey; jetzt ist er auch einer aus Eifersucht? aber was fürchtest du denn? etwa daß sie dir das Weib fressen. Laß sie agiren: es wird sie dir niemand nehmen. Mache dem Handel ein Ende: es ist schon spät, und das Theater ist bereits voll.

Mol. Ey gehe du trinken, wenn dich durstet: ich bin jetzt nicht aufgeleget zu scherzen.

Gue. Sehe man doch: er will die Wahr=
heit

heit nicht hören. Moliere liebte mich wol einmal: jetzt aber ist er nicht mehr der Vorige.

Lea. Es braucht sonst nichts, als eine Frau zu nehmen, um den Verstand zu verlieren. Ach Weiber! Weiber! ihr seyd bloß zum Verderben anderer geboren.

Mol. Da ich meine Frau ausschalt, nahmst du dich ihrer an : und jetzt schilst du auf sie auch.

Lea. Ich schelte auf beyde : Denn der Hof schmählet beyde. Moliere ist eifersüchtig! O schön! könnte man wol was ärgers hören? Die Madame ist verliebet? aber in wen? das weiß man nicht. So hörte ich erst daraussen fünfe oder sechse reden.

Mol. Wer saget denn den Leuten , was ich thue?

Lea. Das ist doch artig! Du bist eifersüchtig, und willst nicht, daß man es sagen soll? Die Eifersucht, mein Moliere, machet es, wie die Brennessel : je weniger man sich trauet sie anzugreiffen, desto mehr brennet sie.

Mol. Und je mehr der Wein redet, desto weniger verstehet man ihn.

Lea. Nach deiner Meinung bin ich immer betrunken. Ich weiß aber dennoch nicht, ob der Wein, oder die Liebe mehr Unheil anrichtet. Mit einem paar Flaschen im Leibe ist die ganze Welt mein : du mit dem Weibe an der Seite fluchest auf die boshafte Welt. Und alsdann willst du mich dennoch mit Vernuftschlüssen bereden, daß ich dir nachahmen soll? Ich wollte beym Truncke euren ganzen Streit zu

En=

Ende bringen. Wir wollen es so machen: erlaube ihr auf das Theater zu gehen, und sie soll dir erlauben, mit mir zum Nachtmale zu gehen.

Mol. Auf das Theater soll sie nicht gehen: dazu wird mich Leander nimmermehr bewegen. In meinem Hause habe ich zu befehlen, und die Madame ist mein Weib. Mit einem Worte: entweder soll Guerrina nicht agiren, oder mich nicht mehr anschauen.

Gue. Das ist ein ungerechtes grausames Gesetze. Der Mann hält mich hart: aber er soll erfahren, daß er lüget, wenn er mich undankbar nennet. Verwünschet sey das Gewerbe, und der Tag, in welchem ich es anfangen habe; indem ich mir damit nicht Lobsprüche, sondern lauter Qualen sammle. Ich will lieber für Hunger sterben, und auf dem Felde arbeiten. = = =

Achter Auftritt.

Valerio, und die Vorigen.

Valerio.

Moliere, es ist nicht mehr zu helfen. Der König tritt wirklich in das Theater. Der Marquis d'Estramb hat in Gegenwart des Königs die verläßliche Zeitung ausgebracht, daß eine Comödie wird.

Mol.

Mol. Wohlan, machen wir geschwind ein Nachspiel. Aber meine Frau soll nicht dazu kommen.

Val. Ey bey leibe nicht: man will sie auch dabey haben. Der Marquis behauptet, man hätte sie ihm versprochen, und sie wäre nicht krank. Er hat sogar einen gewissen Punkt berühret, der sie beym Hofe sehr lächerlich machet.

Lea. Habe ich dirs nicht gesaget, mein Freund? Siehst du den grossen Stein des Anstosses.

Mol. Das bedeutet, daß der Wein aus dir zuviel geredet hat. Ach unglückliches Gewerbe! Schreckliche Unterwürfigkeit, die mich nicht einmal den Herrn über meine Frau seyn läßt! Weil der Henker so will, so gehen wir agiren. Aber wehe dir Guerrina. = = =

Neunter Auftritt.

La Brie, und die Vorigen.

La Brie.

Was spielen wir heute für eine Comödie? Man hat beschlossen, daß keine seyn soll: und ich höre, daß sie schon im Begriffe sind, die Cortine aufzuziehen.

Mol. Ja, aber = = = Es war eine Irrung in den Zetteln. Vergeben sie! = = =

Brie.

Brie. Daß sie der Henker! Da haben sie ihren Part. (sie wirft den Zettel auf die Erde, und ab.)

Gue. Itzt verstehe ich alles. Ich soll nicht agiren, weil la Brie nicht will. Es ist ganz billig, daß deine wehrte la Brie befriediget werde. Aber eben itzt, da du möchtest, will ich auch nicht agiren.

Val. (Da ein Diener kömmt, der ihn spricht) Moliere, man ruffet sie.

Mol. Machet mich doch nicht gar zum Narren: Ich bin bereits schon verzagt. Nein! ein Weib, und die Dichtkunst reimen sich nicht zusammen: Oder ein Ehemann muß ein stummer, blinder, und tauber Dichter seyn. ab.

Lea. Agirest du nicht?

Val. Nein.

Lea. So komme mit mir zu der Muschel: wir wollen den Abend gut zubringen, und eine Flasche Wein trinken. ab.

Val. Lassen sie sich den Moliére empfohlen seyn, daß sie ihn nicht zornig machen.

Gue. Wann sie nach Hause kommen, möchte ich mit ihnen reden.

Val. Ich werde es vernehmen. ab.

Gue. Ich will ihm auch einen Sorbette zu trinken geben, daß er eine Weile auf mich denken soll.

Zehen=

Zehenter Auftritt.

Guerrina, Foresta.

Foresta.

Madame, da sehen sie den Brief.

Gue. Gut, Was sagt der Bote?

For. Er verlangte die Antwort, und ich sagte, er möchte darum nach Belieben wieder= kommen.

Gue. Du hast ihm ja nichts von der Sache merken lassen?

For. So gescheid werde ich wohl seyn.

Gue. Mein Mann hat die Sache so gut gemachet, als es ein jedweder schlechter Kopf machen könnte. Ich will aber auf sein Schrei= ben so antworten, daß er entweder von dem Fieber, mit welchem er behaftet ist, genesen soll, oder er muß gar unheilbar seyn. Dem Valerio werde ich auch einen Unterricht ge= ben, daß er lerne, unter Eheleuthen kein Un= heil anzurichten. Wenn das alles nicht hin= langet, sie zu ändern, so wird die unglückse= lige Guerrina nimmermehr aufhören, zu wei= nen. (ab.)

For. Meine arme Frau rühret mir das Herz. Unser Geschlecht ist wohl unglückselig. Die Ehemänner möchten sogar, daß die Frauen niemanden anschauen sollten. Aber sie könnten die Eifersucht wohl entrahten: denn wenn wir wolten untreu seyn, würden wir es seyn, samt ihrer Eifersucht. (ab.)

C   Drit=

Dritter Aufzug.

Erster Auftritt.

Nacht.

Moliere in der Trauer, und Valerio.

Moliere.

Ich bin vor Freuden außer mir.

Val. Was soll denn dieses Trauerkleid?

Mol. Mein Weib ist gestorben.

Val. Wie so?

Mol. Es ist keine Hofnung mehr. Ein Philosoph mus aus der Noht eine Tugend machen. Sie ist nicht mehr meine Guerrina. Ich will also zu meiner vorigen Gleichgültigkeit zurückkehren. Ich achte sie für todt, und mag sie nehmen, wer immer will: ich mag um eines Weibes willen nicht vor Zorn sterben.

Val. Was giebt es denn wieder neues?

Mol. Wenn sie auf dem Theater gewesen wären, da sie agirete, würden sie sich zu tode gelachet haben. Es ist ein gewisser Graf, der zwey Stunden lang immer auf und ab gieng, und von den Logen auf den Parterre Posten trug, der nichts that, als mit meiner Frau in geheim lispeln. Von ihrem Lächeln und Anblicken will ich gar nichts melden: daß sind Kleinigkeiten, die ich nicht achte. Sie wissen schon mein Freund, von diesen Dingen versiehet man mehr, als man siehet. O denken
sie,

sie, ob ich ein solches Weib an der Seiten leiden soll? Sie ist gestorben, sie ist gestorben, und itzt will ich ihr das Leichenbegängniß halten.

Val. Ihr neuer Einfall ist wahrhaftig ein Gedanken eines Stoickers. Fünfzehn oder zwanzigmale hin und hergehen, und geheim reden, sind ja gleichgültige Dinge. Um Guerrinen zu verurtheilen, möchte ich erst wissen, was sie mit dem Grafen redete.

Mol. Da würde ich schöne Dinge wissen! Es kann sie niemand verstanden haben, als Foresta. Sie nahete sich ihnen manchmal, und schüttelte den Kopf. Aber von ihr kann ich die Wahrheit nicht erfahren.

Val. Warum nicht? es braucht nur Geschicklichkeit. Sie kann nichts verschweigen: es wird ihr wider ihren Willen, irgend ein Wort entfahren.

Mol. Ich will es versuchen. Aber indessen, wie stehet es mit dem Briefe?

Val. Der Bote soll in kurzem mit der Antwort zurückekommen.

Mol. Ich habe es ja gesaget, meine Frau wird sich nicht bitten lassen. Nichtswürdiges Weib! = = =

Val. Ey! ihre Frau ist ja todt.

Mol. Ich dachte nicht mehr daran. Sie haben recht: meine Frau, nein, die ist nicht mehr im Leben. In dieser Kleidung will ich meine Schriften in einem Bünkel zusammen machen, und gehen. = = =

Val. Da ist Foresta: ich lasse sie allein bey ihr. *ab.*   C 2   An-

Anderter Auftritt.

Foresta, Moliere.

Moliere.

Foresta, wo ist die Madame?

For. Sie kömmt eben jetzt vom Theater.

Mol. Es ist endlich Zeit. = = Was hältst du davon. = = Eine grosse Staatsversammlung! ist mein Unglück nicht groß? was dünket dich?

For. Ich weiß nichts. Mein Herr, man erwartet sie beym Nachtmahle.

Mol. Aber das viele Geschwätze des Grafen mit der Madame. = = = Du darfst dich nicht verstellen. Ists möglich, daß du nicht zum wenigsten im Vorübergehen irgend ein Wort solltest verstanden haben?

For. Ey lassen sie es gut seyn. Sie beunruhigen sich nur.

Mol. Nein: es ist mir nichts mehr daran gelegen. Siehst du nicht. = = = Er weiset ihr das schwarze Kleid. Meine Frau ist gestorben. Aber was sagte denn der Graf zu ihr?

For. Sie redeten von einem Briefe.

Mol. Wer von ihnen beyden hat ihn geschrieben?

For. Mich dünket, die Madame soll ihn morgen durch eine andre Hand dem Grafen schicken.

Mol. Das ist ein andrer Umstand. (Aber wie viele will diese noch, die Molieren zum

Schim=

Schimpfe nach ihr seufzen sollten? ach nichtswürdiges Weib! ungerechtes Gesätze, das bey einer verheirahteten Frau eine solche Freyheit vertheidiget! ich will in die Türckey gehen, dann hier wird die Bosheit belohnet. = = =

For. Ach = - ich verstopfe mir die Ohren: Moliere fluchet auf eine verstorbene Frau.

Mol. Spote nicht meiner, Foresta: erweise mir die Liebe, und schweige.

For. Ich sollte ihrer spotten? ach ihr Schmerz ist ehe schon groß genug. Ich bin ein gescheides Weibsbild, und trachte das Feuer zu dämpfen. Darum erinnere ich sie nur, um ihre Pein zu lindern, daß sie ja ein Philosoph sind.

Mol. Ein Philosoph = - = der Henker! es ist was weit anders das Feuer betrachten; und selbst darein springen. Es ist keine Pein so groß, als die mir Guerrina machet: O wehe! wenn sie gestorben wäre. = = =

For. Wer die Frau quälet, der kann sie nicht nöthigen zu schweigen. Es ist für sie besser, daß sie sich vorstellen, sie wäre gestorben: lassen sie die Arme im Frieden ruhen. Lassen sie sich niemals mit Frauen in einen Streit ein, wenn sie auch todt sind: sie werden sie noch unter der Erde in Verzweifelung bringen. ab.

Mol. Auch diese verspottet mich! Lebe wol Philosophie. wenn es auf die Liebe ankömmt, bist du eine Thorheit. Könnte mirs schlimmer gehen? dieses Trauerkleid schaffet mir auch keine Ruhe. Nein: die Tugend stecket nicht

im

im Kleide, sondern in der Seele. Ich will es sogleich ausziehen. *Er will abgehen, bleibet aber wieder stehn.* Ach grausame Guerrina! du hast mir bereits die Ehre genommen: jetzt entziehst du von mir auch den Ruhm eines Philosophs! was verlangest du noch mehr? vielleicht, daß ich sterbe? darauf magst du dich verlassen: der Tod ist nur einige Schritte weit von mir. *Im Begriffe abzugehen.*

Dritter Auftritt.

la Brie, Moliere.

Brie.

Moliere, nur zwey Worte: und weiter will ich ihnen nicht beschwerlich seyn. Machen wir unsere Rechnung, weil ich nicht mehr für sie bin. Bey Moliers Gesellschaft lege ich allzuviel Schande ein: die Burgundische hingegen begehret mich, um sich Ehre zu machen. So wird ihre Frau Gemahlin endlich aufhören sich zu rühmen, daß sie den Vorzug vor mir behauptet hat. Valerio wird auch seine Wege gehen, wenn ich ihm wert bin: und so sollen es alle andre machen. Alsdann wird man sehen, welche die rechten Schauspieler gewesen sind. Es nimmt mich nur Wunder, daß ein Mann = = =

Mol. Mit ihren zwey Worten haben sie mich schon toll gemachet. Mögen sie nicht bey
mir

mir bleiben, so gehen sie, wohin sie immer wollen. Mein Weib hat die Schuld, und ich soll die Strafe ausstehen? Pfui der Schande! wenn mein Weib eine Närrin ist, ist sie es nicht allein. Ich halte niemanden mit Gewalt auf: sie mögen immer gehen. So lange der Hunger auf der Welt ist, werde ich das Theater nicht zusperen.

Brie. So? hatte ich das von Molieren zu erwarten? armes Frauenvolk! gehet nun euch auf der Schaubühne abzumatten: am Ende wird man euch mit dieser kostbaren Münze bezahlen. Es ist genug, daß wir Schauspielerinnen, und sie ein Dichter sind.

Mol. Aber was für eine Grille kömmt ihnen denn ohne Ursache in dem Kopf? ist etwa der Mond diesen Augenblick voll geworden?

Brie. Er war es schon lange. Jetzt bekömmt er die Hörner. Ob er sie aber allein hat = = = das gehet mich eben nicht an.

Mol. Sie sind wahrhaftig sinnreich. Ich verdiene keinen Schimpf. Was habe ich denn gethan?

Brie. Was für ein Mittel haben sie gefunden, daß Arginiena in das Theater kommen kann.

Mol. Ich werde eines finden = = nur Geduld. = = =

Brie. Was Geduld! Wenn nicht Argimena morgen auf meinen Wink eingelassen wird, so gehe ich diesen Augenblick fort. Sie haben mich verstanden: leben sie wohl! (im Begriffe abzugehen.)

Mol.

Mol. Warten sie einen Augenblick. = = Um eines Geplauders willen solche Unruhe! Was wollen sie mehr? Argimena soll eingelassen werden, ich will mit meiner Frau davon reden.

B. ic. O armer Tropf! glauben sie mir: sie mögen wollen oder nicht, so führet sie die Madame bey der Nase herum. Mit zwey zärtlichen Worten, erhalt sie, daß sie ihr, wie ein Kind folgen. Und die zärtlichen Blicke, und liebreichen Worte sind doch nicht für sie allein; sondern für vier, fünf andere: man darf sie nur auf dem Theater sehen, Moliere ist allemal der letzte. Und sie wollen, daß sie sich bequemmen soll, ihnen zu willfahren? = = O ja, das ist wohl artig!

Mol. Sie wird sich bequemen, das sollen sie sehen. Und wenn sie sich auch widerse= tzen, soll Argimena dennoch ins Theater kom= -men: verlassen sie sich darauf.

Brie. Das ist ist mir nicht genug. Ich weis, was Frauenzimmer sind. Damit ich nicht vergebens hoffe, wird ein Befehl erfor= dert, der von ihrer eigenen Hand geschrieben ist: der soll Argimenen zur Sicherheit dienen. Das werden sie aber nicht thun: sie sind ei= ner von den guten Männern, die von der Frau Schläge fürchten. Sie thun auch recht: hüten sie sich nur, ihr diesen Schimpf anzu= thun. Die Gesellschaft mag immer zum Hen= ker gehen, sie muß befriediget werden. = = =

Mol. Hören sie auf, ich bitte sie. Ich wer= de doch allzusehr beschämet. Nun bin ich nicht mehr dawider Guerrina zu züchtigen. Sie

ver=

verlangen einen Befehl von mir? = = = Ich
will ihnen denselben mit eigener Hand schreiben. (er setzet sich zum schreiben.)

Brie. (So muß es seyn. Wir sind Frauenzimmer von seiner Handthierung. Er ist
ein Poet, und er dichtet: wir aber handeln
im Ernste. Und wenn in diesen Köpfen ein
Anschlag ausgehecket wird, so muß er ausge-
führet werden.)

Mol. Da ist er zu ihren Diensten. Er giebt
den Befehl auf einem Stückchen Papier. Geben sie
ihn Argimenen, und mein Weib mag sich immer zu tode grämen. Indessen gehe ich zum
Nachtmahle. ab.

Brie. O jetzt bin ich wol im Stande, meine
Rache auszuüben. Wann das Guerrina erfahren wird. = = Aber da kömmt sie, wenn
ich nicht irre.

✗✗✗✗✗✗✗✗✗✗✗✗✗✗✗✗✗✗✗✗

Vierter Auftritt.

Guerrina, la Brie.

Gue.

Ich treffe sie eben zu rechter Zeit an.

Brie. Was verlangen sie von mir?

Gue. Ich will ihnen zeigen, was für Achtung Guerrina für sie hat. Andre mögen immer trachten mich zu unterdrücken: andern
mag es immer misfallen, daß ich mir sogar

in

in meinem Gewerbe einige Ehre mache, so will ich doch den Neid überwinden, und mich nicht rächen.

Brie. Das sind Gesinnungen, die man in eine Säule ätzen soll. Mich dünket, ich höre die Dido, oder die Semiramis reden.

Gue. Nein, wehrteste Madame, es redet nur Guerrina mit ihnen, die aber im Herzen eben eine Königin seyn kann. Die Hoheit kömmt uns vom Glücke zu; die Tugend aber von der Seele: und deren ist jedermann fähig. Ich würde von ihnen das nicht hoffen, was ich von mir fodere. Aber andre mögen thun, was sie wollen: ich thue, was ich schuldig bin. Arginena hat mich beleidiget: sie wollen sie im Theater haben: so mag sie kommen, ich bins zufrieden.

Brie. Es wäre nicht vonnöhten gewesen, daß sie eine halbe Opera auswendig gelernet hätten, um mir diese Historie zu sagen. Ich, mit der es schon zu Ende geht, schäme mich nicht ihnen mit wenig Worten zu antworten: Madame, ich danke ihnen: ich habe ihrer nicht vonnöhten.

Gue. Wie? so misbrauchen sie meine Gutthaten?

Brie. Ich misbrauche sie nicht: aber sie wird kommen, und die Madame wird sie einlassen.

Gue. Einlassen? sie soll mit einem Sprunge über die ganze Treppe seyn.

Brie. Wenn sie nicht Achtung für sie haben, werden sie in Händel gerahten.

Gue. Wer saget das?

Brie.

Brie. Diese zwey Zeilen von ihrem Gemah=
le. Sie weiset den Zettel auf.

Gue. Ein ansehnlicher Geleitsbrief!

Brie. Glauben sie es nicht? da sehen sie.
Sie hält ihr den Zettel vor, und Guerrina nimmt
ihr ihn aus der Hand.

Gue. Nun sehe ichs. = = = Es ist wahr,
mein Mann hat es geschrieben: aber es liget
nichts daran. Mit solchen Befehlen von ihm
mache ich es so. Sie zerreisset den Zettel in viel
Stücke, und wendet ihr den Rücken zu. Argimena
wird in das Theater kommen, wenn ich
will.

Brie. Das ist eine Vermessenheit von ih=
nen. Wenn dasmal Moliere schweiget, so sol=
len sie mit mir Händel haben. Wütend ab.

Gue. Was will ich noch mehr? diese ist die
einzige Ursache, warum mich Moliere so hart
hält. Und ich soll schweigen? weil sie Valerio
liebet, hat er sich auch mit ihr verschworen?
allein alle dreye zusammen fürchte ich nicht.
Wenn ich mich nicht an ihnen räche, fresse ich
mir noch das Herz ab.

Fünf=

Fünfter Auftritt.

Der Marquis d'Eſtramb und Guerrina.

Eſtramb.

Ihr Diener, Madame! ſie haben mich ganz bezaubert. Ich komme, bey ihnen zum Zeitvertreibe das Nachtmahl einzunehmen.

Gue. Mein Herr, ſie erweiſen mir allzuviel Ehre. Wenn ſie mir doch zuvor Nachricht gegeben hätten. = = = Ich weis, daß ihre Perſon. = = =

Eſtr. Laſſen ſie die Höflichkeiten beyſeite. Ihr Angeſicht allein ergötzet mich mehr, als ihre Tafel; und ihr Mann mit ſeiner Milzſucht benimmt mir auch die Luſt zu eſſen.

Gue. Mein Mann iſt doch mit jedermann höflich. Er wird ſie gerne ſehen.

Eſtr. Das weis ich nicht. Er verdrehet die Augen, und ſieht mich nach der Seite an, wenn ich ſie nur bey der Hand nehme.

Gue. Er iſt immer mein Mann.

Eſtr. Sagen ſie lieber, daß er eiferſüchtig iſt. Es iſt wohl ein ſchändliches Uebel um die Eiferſucht. Mann und Weib thun, was ihnen gefällt, ohne ſich um ihr Gemahl zu bekümmern. Die Welt will wohl gewiſſe Dinge ſagen, aber das ſind lauter Lügen. Wir ſind ehrliche Leute, und das iſt genug.

Gue. Wehe uns, wenn wirs auch ſo macheten, wir würden uns der Welt zum Märchen, und zur Schande machen.

Eſtr.

Eſtr. Mit allen dem tritt man doch manch=
mal ſeitwerts.

Gue. Was mich belanget, behüte mich der
Himmel. Von andern aber weis ich nichts.

Eſtr. Sie ſind ſchön = = jung = = was nü=
tzen dieſe Vorzüge?

Gue. Mein Herr, wenn ſie zum Nachtmah=
le kommen wollen; da iſt der Weg. ab.

Eſtr. Ei = = ſie will koſtbar thun : aber
man weis wol, daß ſie eine Schauſpielerin
iſt. Indeme er abgehen will, begegnet er Molleren,
der die Trauer abgeleget haben ſoll.

Sechſter Auftritt.

Moliere Marquis d'Eſtramb.

Moliere.

(Was will der um dieſe Zeit hier? = = =
Er grüſſet mich kaum.) Mein Herr!
verlangen ſie was?

Eſtr. Ich gehe mit der Madame zum Nacht=
male. ab.

Mol. Mit der Madame zum Nachtmale?
Sehe man, darum wollte ſie mit mir nicht
zur Tafel gehen, weil ſie den guten Freund
erwartete. Ach ungezogenes Weib! du biſt
die Urſache aller meiner Plage. Aber, du
ſollſt nicht lange mehr die Früchte meiner Schan=
de genieſſen: Morgen, bey anbrechenden Tag
wird die Kurzweile ein Ende haben, da du

in

in einem Kloſter eingeſperret ſeyn ſollſt. Ich mag nicht mit dir leben. Du kannſt mich zwar entehren, aber zum wenigſten werde ich Dich nicht mehr ſehen.

Siebender Auftritt.

Valerio, Moliere.

Valerio.

Kommen ſie zu uns, Moliere, es ſind ſchon alle bey der Tafel.

Mol. Der Marquis auch?

Val. Ja, er auch.

Mol. Und der Leander?

Val. Der Leander hat ſich halb bezecht zu Tiſche geſetzet: denn er hat während der Comödie immer getrunken.

Mol. Wer ſitzet bey meiner Guerrina?

Val. Das verſtehet ſich ohne das = = = der Schutzherr.

Mol. Und ſie laſſen ſie ſo allein? Ach nein! werther Valerio! gehen ſie zurücke, verſtellen ſie ſich, geben ſie acht, wer ſich ihr nahet.

Val. Ich gehe gleich. Wollen wir aber nicht dieſe Antwort vernehmen?

Mol. Iſt ſie da? So wollen wir ſie leſen.

Val. Iſt nicht etwa jemand da? Er ſiehet herum.

Mol. Es ligt nichts daran. Nun iſt es eben eines.

Val.

Val. Für mich ist es aber nicht eines. Ich bin auch der Meinung, daß Guerrina untreu ist. La Brie hat mir Dinge gesaget, die sie sollten schamroht machen. Sie hat ihren unterschriebenen Zettel zerrissen, und gesaget: Daß sie für sie keine Achtung hat. Ich weis, daß sie den Marquis liebet; sie glaubet, der Brief sey von ihm; sie brachte den Boten, durch ihre Fragen sehr in Verwirrung, doch so dumm er auch ist, kam er doch bald zum Zwecke. Mit allen dem, darf ich sie doch nicht aufbringen: Sie hat mich allzusehr in Verdachte, und redet mir böse nach.

Mol. Bey mir wird sie nichts ausrichten: ihre Untreue ist unläugbar. Es ist einmal schon beschlossen, mein Freund. Die Ruhe welche ich wünsche, werde ich nicht anders erhalten, als wenn ich Guerrinen in ein Kloster stecke: wenn sie nicht gerne will, muß sie mit Gewalt gehen. Was will sie sagen, wenn ihre eigene Handschrift der Ehrlichkeit widerspricht, der sie sich rühmet? Wir wollen sie lesen, mein Freund! Sie können meine Schande schon hören. So gar die Hand zittert mir. Er eröfnet den Brief.

Val. Fassen sie Muht: Itzt kommt das Beste Wir werden sie beschämet sehen.

Mol. Ohne Zweifel. Ja da ist ihre Hand. Indem er mit einer Hand auf den Brief schlägt. Moliere liest: „ Mein Herr! Um sie zu ken„ nen, brauche ich keinen Sterndeuter; son„ dern habe die Ehre Ihnen zu sagen, daß „ sie eine vermessene Person sind. Ich bin
„ ein

„ ein ehrliches Weib, und die Gattin eines
„ ehrlichen Mannes. Ob er es verdienet,
„ oder nicht, daß ist eine andre Frage. Ich
„ werde ihm aber immer treu seyn, ob gleich
„ die Welt einstürzete. Ich nehme gar kei-
„ ne Briefe an; oder antworte darauf so,
„ wie sie sehen. Mein Valerio! träumet
mir?

    Val. Haben sie auch recht gelesen?

    Mol. So liebet mich Guerrina? Und ich
bin im Irrthume, wenn ich sie für untreu
halte?

    Val. Da ist der Henker dabey.

    Mol. Ja, meine Frau liebet mich, und ich
setze ein Mistrauen in sie. Kann jemand
glückseliger seyn, als ich?

Ach=

Achter Auftritt.

Leander mit dem Degen in der Hand, der vom Estramb aufgehalten wird, und die Vorigen.

Leander.

Laſſe mich, oder ich bringe dich um.

Eſtr. Nein beſoffener Narr.

Mol. Was giebt es?

Lea. Laſſe mich gehen.

Eſtr. Nein, ſage ich.

Mol. Wo will er denn hingehen? zum Marq.

Eſtr. Er will ſich erſäuffen.

Mol. Erſäuffen will er ſich?

Lea. Ja, das will ich. Was gehet es denn dich an? was ſollte ich auf der Welt thun, wo nichts als Elend iſt? was ſie Gutes hat, das hat Leander ſchon alles genoſſen: er war zum Sauffen gebohren, und hat zur Genüge geſoffen. Alles nimmt ein Ende; als nur die abſcheuliche Gewohnheit Geld auszugeben nicht. Kaufleute, Wirte, Schneider, Schuſter, Schöne, und auch ſo gar Häßliche wollen von uns Geld haben. Man hätte einen Brunnen vonnöhten: und ich habe nicht mehr, als ſechs Gulden von allen meinen Einkünften auf ganze zehn Jahre. Was will ich alſo in der Welt thun? es iſt nichts beſſers, als daß ich ſterbe.

D

sterbe. Ein heldenmütiger Tod machet meinem ganzen Leben Ehre. Ich bin kein Narr, oder besoffen. Es soll mich niemand aufhalten : ich will mich in den Fluß stürzen.

Val. Thue das nicht, du Narr.

Mol. Lassen sie ihn thun, was er will.

Lea. So recht, Moliere. = = = Lebe wol. = =

Mol. Höre nur ein paar Worte. Dein Gedanke könnte nicht besser seyn. Ich bin eben deiner Meinung, daß das Leben ein Elend ist. Und wer könnte wol elender seyn, als ich mit einem Weibe, daß mich mit ihrem Eigensinne in Verzweifelung bringet ? wir wollen sterben. = = = Ich will dir in deinem schröcklichen Sprunge folgen. Ich scheue den Tod nicht: aber ein heldenmäßiger Tod will die Welt zum Zeugen haben. Jetzt schläft jedermann in dieser Gegend. Wir wollen uns auch indessen zur Ruhe begeben, bis die Sonne aufgehet: und morgen am hellen Mittag wollen wir uns ersäuffen.

Lea. Der redet, wie ein Mann. Nun will ich gerne warten, und sodann mit Freuden sterben, da ich im Tode, wie vorhin im Leben, einen Schauspieler zum Gefährten habe. ab.

Estr. So recht Moliere, wenn du auch zu sterben Lust hast, so vermache mir deine Frau: Deine Ehre soll bey mir in sichern Handen seyn. ab.

Val.

Val. Leahder wird nun bald schlaffen.

Mol. Das verlangte ich eben.

Val. Sie können ihm wol zum Schlaffen bringen; aber nicht verhindern, daß er trinke. ab.

Mol. Wer weis es? er soll indessen nur schlaffen. Morgen wird sein Herz nicht mehr wollen, was heute der Wein wollte. Auf diese Weise werde ich ihn gerettet haben. Wenn nur alsdann Guerrina treu ist, so ist Moliere Herr von der ganzen Welt. ab.

Vier-

Erster Auftritt.

Tag.

Guerrina, Foresta.

Guerrina.

Ist es aber wahr, Foresta, daß mein Mann zu Hause ist?

For. Ich sage ihnen, daß er schläft. Was ist ihnen denn eingefallen, daß er ausgegangen wäre, und ich also eine Stunde vor anbrechendem Tage aufstehen muste? ich möchte noch vor Schlafe vergehen.

Gue. Ich habe kein Aug zugethan. Es fiel mir immer ein, daß sich Moliere mit Leandern ersäuffen könnte. Der Marquis schwur mir darauf: und wenn es Moliere gesaget hat, so wird ers nicht von ungefähr geredet haben. Er liebet mich, und hält mich für untreu: zu was kann ihn nicht seine Verzweiflung verleiten? ich bin doch seine Gemahlin: die Liebe ist in mir nicht schwach: ach ich möchte nicht, daß ich mir selbst einmal den Tod meines wehrten Mannes vorrücken müste. Es ist besser, daß ich mich gerades Weges zu seinen Füssen werfe. Darum bin ich so frühe aufgestanden: ich will mit ihm Friede machen.

For. Sie verderben den Handel, Madame, wenn sie meinen listigen Anschlag verhindern,

da

da er am besten stehet. Alle ihre Furcht ist eitel: Moliere ist nicht so thöricht, daß er sich ersäuffete. Ich habe es in meine Ohren gehöret, und Valerio hat mirs auch gesaget, daß er nur die Absicht hatte, Leandern in das Beste zu bringen: und ich schwöre ihnen, daß sie noch beyde schlaffen.

Gue. Du machest mich ein wenig ruhiger. Ich weis, daß du mich liebest, und hoffe fröhlicher zu seyn, wenn ich dir folge. Ich werde gerne Molieren verändert sehen. Was ist nun zu thun?

For. Was ich gestern sagete. Moliere will sie mit Gewalt in ein Kloster stecken: nehmen sie ihn nun beym Worte: denn der Brief wird ihm den Zorn gestillet haben. Wenn er alsdann sieht, daß er sie verlieren soll, wird er seinen Fehler bereuen: er wird ihnen nachlauffen, weinen, bitten, und um Vergebung flehen. Sie aber, Madame, müssen immer darauf beharren, daß sie sich von den Plagen los machen, und zwischen vier Mauern sterben wollen. Um sie nicht so weit von sich zu entfernen, wird er also seine Natur ändern. Das ist mein Recept: wenn sie es nicht bey Zeiten brauchen, ist alles verdorben.

Gue. Gut, um der Sache eine Farbe zu geben, suche du einen Wagen: ich will indessen zusammen packen. Aber bevor ich Molieren meinen Gedanken entdecke, will ich mit der Brie, und dem Valerio den Handel ausmachen. Die sind die Ursache dieser Zwietracht. Lauter Neid, Foresta, lauter Neid, der

in

in dem Leibe der Schauspieler ärger, als die Colique, wütet: er verzehret ihnen das Eingeweid, und schränket das Herz ein. Aber keiner stirbt davon. ab.

For. Ich wollte keinen Mann nehmen, wenn er gleich ein König wäre: so viel Mühe kostet mich dieser Handel. Aber ich will ihn doch ausführen. Ich weis schon, was ich thue.

Anderter Auftritt.

Moliere, Foresta.

Moliere.

Forest, schläft die Frau noch?

For. Nein: sie ist gesinnet ein anders Leben anzufangen, und wird gleich ausgehen.

Mol. Ausgehen? wohin denn? = = ; Ach armer Moliere! verstellet sie sich, oder ists ihr Ernst?

For. Das können sie sehen: gehen sie nur in ihr Zimmer, sie leret alle Schränke aus. Indessen wartet sie auf einen Wagen, und alsdann gehet sie in das Kloster, aus dem sie nimmermehr wieder kommen wird.

Mol. Ins Kloster? das will ich nicht. Ich habe es zwar gestern gesaget; aber ich habe es besser bedacht: ich bin nicht mehr, der ich zuvor war: ich erkenne, daß sie mich liebet.

Ge=

Gehe, Foresta, sage ihr, daß ich ohne sie nicht seyn kann: sie soll bey mir bleiben. Gehe = = =

For. Ich gehe gleich: aber es ist schon zu spät: die Madame ist ein wenig halsstärrig, und läßt mit sich nicht zanken. Das beste ist, wenn man den Wagen gar nicht kommen läßt. Ich will ihn wieder abdanken.

Mol. Ja lauffe, meine Foresta: du kannst mir das Leben wieder geben. Wenn du mich verlässest, wem sollte ich sonst trauen?

For. Mein Herr, klagen sie nur nicht über andre; sondern über sich selbst: denn sie gehen allzuhart mit unserm Geschlechte um. So lange sie eifersüchtig sind, haben sie auch Ursache zu zweifeln, daß sie ihre Frau liebet. ab.

Mol. Wenn mich Guerrina verläßt, so ists um mich geschehen. Ach ich habe unrecht, daß ich sie so hart halte.

Dritter Auftritt.

Leander, Moliere.

Leander.

Das heist fürstlich geschlaffen! dein Behte, Moliere, ist das beste von der Welt: so werde ich nimmermehr schlaffen. Glaubest du, daß jetzt die rechte Zeit ist aufzustehen?

Mol. Es ist wol spät. Mache dich nur fertig: wir wollen uns ersäuffen.

Lea.

Lea. So närrisch bin ich nicht.

Mol. Du warest es aber gestern.

Lea. Ich wollte mich ersäuffen? ich erinnere mich nicht mehr.

Mol. Ich erinnere mich aber wol : gehen wir nur.

Lea. Ich gehe, wenn du ein paar Flaschen trinken willst.

Mol. Es ist ja besser heldenmütig zu sterben. Das Leben ist nur ein Elend.

Lea. Und das Sterben ein viehisches Wesen.

Mol. Also redete der Wein : und wenn ichs nicht eingesehen hätte, so wäre Leander diesen Morgen nicht mehr im Leben. Schäme dich einmal : mache es wie Moliere, der dich aufrichtig liebet.

Lea. Wenn du mich liebest, so gehen wir trinken. Ich habe jetzt , da ich kaum aufgestanden bin, so viel geredet, daß mir die Zunge an dem Gaumen klebet. Wenn du mir nichts giebst, so gehe ich zu deiner Frau : ich habe ihr, ich weiß nicht was, zu geben, und da werde ich zugleich trinken.

Mol. Was hast du Guerrinnen zu geben? darf man es zuvor wissen.

Lea. Siehe da = = du wirst ja gleich eifersüchtig. Er zeiget ihm ein Papier.

Mol. Was ist das für eine Schrift ? von wem hast du sie bekommen ?

Lea. Das Hündchen brachte sie in mein Zimmer, und spielete damit.

Mol.

Mol. Gieb mirs, daß ich nur die Schrift
sehe. Er will ihms aus der Hand nehmen.

Lea. Sey doch nicht unhöflich. Da schaue
es an.

Mol. Das ist von meiner Hand: siehst du
es nicht?

Lea. Du hast recht. Da nimm es: ich mag
es nicht. Nachdem er es betrachtet hat. Aber es
ist leicht zu errahten, was du damit willst:
doch die Eifersucht soll dir bald vergehen: fol=
ge nur meinem Rahte: Moliere trink = = =
und trink wieder. ab.

Mol. Sehe man wieder was anders. Das
ist das Original von dem Briefe, den ich er=
dichtet habe. Wie mag er doch Guerrinen
in die Hände gerahten seyn? denn der Hund
muß ihn bey ihr gefunden haben. Das ver=
wirret mir den ganzen Handel, und erfordert
mehr Überlegung.

Vierter Auftritt.

Moliere, Valerio.

Valerio.

Was giebt es neues?

Mol. Kommen sie: der Himmel hat sie her=
geführet. Sagen sie mir doch, wo haben sie
das Original von dem Briefe gelassen, den
sie gestern abgeschrieben haben?

Val.

Val. Dort auf dem Tische. Sie erschrecken mich. Was ist denn Böses geschehen?

Mol. Guerrina hat es gesehen.

Val. So stehen wir beyde frisch. Guerrina wuste sich die Gelegenheit wohl zu Nutzen zu machen, indem sie versichert war, daß ihnen ihre Antwort zu Gesichte kommen würde. Man kann das Herz eines Frauenzimmers nicht in einem Tage kennen lernen.

Mol. Sagen sie mir nichts mehr. Diese Schrift verwirret mich aufs neue. Meine Freude hat nun genug gedauret, da sie eine Nacht gedauret hat. Nun wollen wir wieder weinen, mein Freund! = = doch damit wir nicht immer weinen müssen, wollen wir wieder prüfen, ob Guerrina ein gutes Herz hat. Sie ist schon bereitet in das Kloster zu gehen: und ich werde sie auf die letzt noch gerne gehen lassen. Allein weil ich sie doch noch liebe, so wollen wir den letzten Versuch thun.

Val. Und wer soll ihn thun?

Mol. Valerio.

Val. Verzeihen sie, ich kann nicht.

Mol. Sie können sich wohl Gewalt anthun. Sie sind allemal mein Freund gewesen, werden sie mir also itzt nicht untreu, da ich ihrer am besten vonnöthen habe. Nunmehr ist die Sache weit gewisser. Wenn Guerrina untreu ist, so schwöre ich ihnen, sie läßt sich fangen.

Val. Wohlan, was habe ich zu thun?

Mol. Stellen sie sich, als wenn sie auf mich zürneten; thun sie Guerrinen eine verstellte

stellte Liebeserklärung, und wir werden sehen,
ob sie ihnen Gehör giebt.

Val. Gut; wenn es aber la Brie erfährt,
so jaget sie mich, wer weis, wohin.

Mol. Es mag seyn, wie es immer will, so
will ich aus diesem Versuche erkennen, ob sie
mich lieben. Ich höre sie weiter nicht an; und
sie sollen mirs nicht abschlagen. ab.

Val. Ich befinde mich in einem verwirrten
Handel. Ich kenne Guerrinen allzugut; ich
verstelle mich vergebens vor ihr. Es wird
besser seyn, daß ich mich vor meinem Freunde verstelle. Ich will sagen, ich hätte sie ge-
sprochen, und treu befunden. Aber da ist
ein andrer Anstand: la Brie wird in Ungna-
de kommen. = = = Da ist eben Guerrina: ich
kann sie nicht mehr vermeiden; und weis nicht
was ich thun soll.

Fünfter Auftritt.

Guerrina, Valerio.

Guerrina.

Ich wollte sie gestern sprechen, ward aber
aufgehalten. Itzt ist die beste Zeit.

Val. Ich bin zu ihrem Befehle.

Gue. Setzen wir uns. (sie setzen sich nieder.)
Nun ist keine Gefahr, daß sie la Brie da an-
trift. Sie ist anderswo mit dem Marquis
allzusehr beschäftiget: sie reden, und thun ganz

ver-

vertråulich : ich dencke wohl, fie werden ihrt
Erlaubniß gegeben haben.

Val. Das ift mir eine ganz neue Zeitung.

Gue. O fie follten mir dafür wol ein Ge=
ſchenke geben. Unbarmherzige Zärtlichkeiten;;
tiefgeholte Seufzer; verliebte Blicke = = =

Val. Ach! ihr ſeyd alle Frauenzimmer.

Gue. (Er läſtt ſich allmählig fangen.) Ich
will nicht mehr ſagen. Ich ſehe, daß ſie ſich
verwirren, und ich könnte ihnen doch dienen.
Um ſolcher Kleinigkeiten willen, ſoll ein Frau=
enzimmer die Hochachtung nicht beyſeite ſe=
tzen = = =

Val. Sie hat mir ſchon mehr ſolche Strei=
che geſpielet, das iſt nicht der erſte.

Gue. Wie ſehr bedaure ich ſie! = = = Ach
verwünſchte Gewohnheit! daß man oft aus
Neigung, und noch öfter um des Wohlſtan=
des willen liebet. In der Welt hat man
nichts gutes zu hoffen: und wenn der Ehe=
ſtand eine Ruhe zu verſprechen ſcheinet, da ge=
het ſodann die Unruhe an. Albere Frauen=
zimmer! was trachtet ihr mit ſolchem Ver=
langen nach einem Manne? es ſind nur zwey
Tage, in welchen ſie der Frau Ehre anthun:
wenn ſie vermählet wird, und wenn ſie ſtirbt;
im übrigen ſind ſie ihrer bald ſatt, und ver=
langen eine andre; ſie laſſen ſich etwa alle
drey Tage einmal vor ihr ſehen: und dies
geſchiehet nur allemal, um ihr Verweiſe zu ge=
ben, und zu zanken. Das Weib muß immer
unrecht haben, und ſoll nicht einmal das Maul
aufthun. Ach mörderiſche Männer! möchte
ich

ich doch von dem meinigen los ſeyn, ſo wollte ich nicht auf mein widerwårtiges Geſchicke fluchen.

val. Alle Schuld müſſen wir allein haben; und ſie, werthe Frauen, wollen nur einen Mann haben, der ſich ganz ſtille zu ihren Füſſen würfe, und niemals über ihre Fehler klagete. Wir ſind doch mit einer zufrieden; aber ſie wollen hunderte; und legen einem jedweden Fallſtricke, denen man nicht entgehen kann. Der arme Mann ſoll das nicht einmal ſehen, und wenn er es von ungefåhr ſieht, ſo muß er mit Gewalt dazu ſchweigen. Das Geſetze iſt allzuungerecht; ich ſchåme mich, wenn ich daran denke.

Gue. Aber, ſie ſind doch nicht gebohren worden, um die Welt zu verbeſſern? Sie ſind auch ein Mann, und wiſſen, was die Liebe vermag; ſie ſollen ſich alſo nicht wundern, wenn ich in dieſem Alter auch thue was andre thun.

val. (Jetzt kömmt ſie zur Hauptſache.)

Gue. Ein ungeſtimmer Mann machet oft die Frau untreu: ich will ſagen, daß es genug iſt, der Frau den Mann verhaſt zu machen, wenn er ſich im Kopf kommen låſt, eiferſüchtig zu ſeyn. So weit hat Moliere endlich Guerrinen auch gebracht. Ich kann ihn nicht mehr leiden. = = =

val. (Moliere hat es errahten.)

Gue. Der Himmel iſt mein Zeug, daß ich mir alle Gewalt anthue, um eine fremde Liebe in meinem Herzen zu verlöſchen. Allein

es

es ist alles vergeben; ich fühle, daß ich für einen andern Gegenstand ganz entzündet bin. Sie sehen, Valerio, wie groß meine Liebe seyn muß, da sie sich da auffer meiner Brust ohne Scham verbreitet. Ach wer hätte mir das sagen sollen. = = Ich schäme mich allzusehr. = = Allerschönste Ehrbarkeit verzeihe mir. = = Ich liebe, und es kömmt mir wie ein Traum vor. Aber wenn ich es ihnen vertraue, hoffe ichs nicht umsonst zu thun : sie werden Mitleiden mit mir haben.

Val. (Sie will, ich soll ihr einen Kuppler abgeben.)

Gue. Mein Geliebter ist ganz reitzend : ich thue nicht so viel, als er verdienet, wenn ich ihn bis in den Tod liebe. Doch habe ich ihm meine Glut bisher verhelet, weil ich meinem Mann, wie vorhin, treu bleiben wollte: allein er verfährt nur allzuhart mit mir, so will ich meiner Liebe auch nicht mehr Gewalt anthun. Doch möchte ich mir damit nicht noch mehr Verdruß zuziehen. Die Sache ist sehr zweifelhaft : ich kann für mich allein nicht entscheiden, was ich für einen Entschluß fassen soll : Valerio muß mir rahten.

Val. Ich sollte ihnen rahten? (was für eine schöne Gelegenheit ist das, meinem Freunde zu willfahren.) Ich könnte ihnen sagen, daß er ein ehrlicher Mann. = = = Aber sagen sie mir zuvor, wer der Gegenstand ihrer neuen Liebe ist?

Gue. O wehe! = = = sie sind es.

Val.

Val. Ich? = = Scherzen sie? ich habe niemals was wahrgenommen.

Gue. Ach Grausamer! = = =

Val. (Nun habe ich mein Vorhaben ohne Mühe erreichet.)

Gue. (Jetzt kann er mir nicht mehr entgehen.)

Val. Aber, wehrteste Madame, was kann ich von ihnen hoffen?

Gue. Was kann denn einer hoffen, der liebet? ich habe mir vergebens geschmeichelt. = = la Brie hat sie = = = mit ihren Reitzen bezaubert. = = Ich weiche ihr. = = = Im übrigen aber hat mein Mann schon ein so hohes Alter erreichet, und ist mit so viel Krankheiten behaftet, daß er ein Siechenhaus zu seyn scheinet. Wenn er nun stirbt, so bin ich die ihrige. Mit ihnen werde ich weit vergnügter leben.

Val. Die Schmeichelworte sind reitzend. Ich würde mich bey nahe bereden lassen, ja zu sagen: aber wer versichert mich dessen?

Gue. Ich gebe ihnen mein Wort; und zum Pfande meines Wortes werde ich ihnen auch die Hande geben.

Val. Herr damit: ich will sie küssen. Er will ihr die Hand nehmen : sie verweigert es aber.

Gue. (Nun ist der Handel richtig.)

Val. Meine wehrte Guerrina, ich lobe sie, und habe Mitleiden mit ihnen. Sie schicken sich gar nicht für Molieren (Verzeihe mir mein Freund, wenn ich mich der Gelegenheit bediene.) Erhalten sie mir das Herz, so mich glücklich machen kann. = = = Geben sie doch diese Hand her. wie zuvor. Ach la Brie könnt.

Gue. Ich gehe, und überlasse ihr den Platz.
(Jetzt mag alles drunter und drüber gehen,
ich habe schon den Anfang gemachet.) ab.

⚜⚜⚜⚜⚜⚜⚜⚜⚜⚜⚜⚜

Sechster Auftritt.

La Brie, und Valerio, der ganz er=
schrocken sitzen bleibet.

La Brie.

So recht! das freuet mich. Entschuldigen sie
mich, wenn ich ihnen ungelegen bin. Bey
Guerrinen sitzt man!

Val. Es war mir so bequemer. Er stehet auf.

Brie. Von was ward denn gehandelt? von
Staatsangelegenheiten? von der Ehre? von
der Tugend?

Val. Ich weiß es nicht mehr.

Brie. Ach Verräther! Undankbarer! so be=
ständig bist du in der Liebe? um ihrentwillen
verfährst du so schlim mit mir?

Val. Sie haben mir den Kopf verwirret.
Gehen sie nur: ich habe ihrer nicht vonnöh=
ten. ab.

Brie. Das einzige fehlte mir noch um vol=
lends überzeuget zu seyn. Guerrina will sich
so gar meiner Eroberungen anmassen. Nein,
ich will nimmermehr la Brie seyn, wenn ich
mich nicht räche. Den Anfang habe ich dazu
schon gemachet. Wenn mich der Marquis
noch ferner belästiget, will ich ihn schon hin=

ters Licht führen : und wenn er sein Wort hält, wird er Guerrinen eine solche Kurzweile machen, daß sie sogar in den Zeitungen soll ausgeschrien werden. Da ist er in der That. = = = Da werden Augen und Ohren eines vollkommenen Weibes erfordert. = = = Ob ich gleich noch nicht alt bin.

Siebender Auftritt.

Marquis d'Estramb, la Brie.

Estramb.

Guerrina läßt sich heute nicht sehen.

Brie. Die Schönen machen es nicht anders. Aber sie thaten wol recht, daß sie nicht von hier giengen. Nachdem sie mich verlassen hatten, fiel mir ein Gedanke ein, der für ihre Sache der allerbeste ist.

Estr. Lassen sie ihn einmal hören Madame.

Brie. Lieben sie Guerrinen in der That?

Estr. O potz tausend! ich liebe sie freylich.

Brie. Wollen sie, daß sie nicht spröde gegen ihnen ist.

Estr. Ach! dafür gebe ich = = = meinen halben Kopf.

Brie. Förchten sie Molieren?

Estr. Nicht im geringsten.

Brie. So können sie etwas wagen.

Estr. Was soll ich denn thun?

E   Brie.

Brie. Sie sollen sie mit Gewalt entführen. Ich kann sie auf mancherley Weise in Guerrinens Zimmer verbergen, und bey stockfinsterer Nacht, mögen sie sie ohne Widerstand fortbringen.

Eſtr. Ich brauche weiter nichts: das iſt mir genug. Werden sie mir Wort halten?

Brie. Auf mich haben sie sich zu verlaſſen.

Eſtr. Ich glaube nicht, daß Guerrina viel drohen wollen wird.

Brie. Bey ihnen wird es ihr beſſer ergehen, als im Kloſter.

Eſtr. Das glaube ich auch. Madame, auf Wiederſehen heute Nachts. ab.

Brie. Das iſt nun geſchehen; so räche ich mich an dreyen, und auf solche Weiſe müſſen sie geſtraffet werden. Molieren werde ich zu verſtehen geben, Guerrina sey mitverſtanden geweſen. Valerio wird ganz verwirret werden; und Argimena wird in das Theater kommen. Und da andre glaubeten, ich würde mit trockenem Maule zuſehen müſſen, werde ich alle auslachen. ab.

Ach=

Achter Auftritt.

Valerio, Guerrina.

Guerrina.

Valerio hat das Süsse genossen; itzt kommt das Bittere darauf. Er wird meinem Manne alles berichten, so soll er ihm denn sagen, was vorgehet. Da kömmt er: nun ist es Zeit.

Val. Ich komme, wie ein Vogel auf dem Leim, wieder zu ihnen.

Gue. Ihre Dienerinn, mein Herr!

Val. Das ist eine grosse Ernsthaftigkeit, meine Geliebte! Wenn sie so groß thun, beleidigen sie mich, Madame!

Gue. Nun so gehen sie ihre Wege.

Val. Ich soll gehen? das Compliment ist seltsam, und machet mich ganz bestürzet.

Gue. Warum, mein Herr? meinenthalben mögen sie gehen: la Brie wird sie vielleicht erwarten.

Val. (Ich begreife es: es ist eine Eifersucht.) Sie lieben mich, und scheinen verdrüßlich zu seyn.

Gue. O ja, ich liebe sie, daß ich im frischen Wasser zergehen möchte.

Val. Sie scherzen, und ich weine aus blossem Argwohne.

Gue. Verlangen sie ein Schnupftuch, um die Zäher abzutrocknen?

Val. Was ist denn das für ein zorniges Gesicht?

Gue.

Gue. Das ist ein herbes, und holdes Gesicht nach der neuesten Mode.

Val. Ach! sie wollen nur meine neue Liebe prüffen—

Gue. (Mein Mann kömmt : das ist nun die schönste Gelegenheit.)

Val. Prüffen sie mich nur, mein Leben! ich ändere mich nicht. Geben sie diese Hand her.

Gue. Da hast du sie, Vermessener! sie giebt ihm eine Ohrfeige. Da du nur auskundschaftest, was ich thue, magst du nun gutes Zeugniß geben, daß ich ein ehrliches Weib bin, und keine Aufwärter brauche. ab.

Val. Das hätte ich nicht erwartet. Was Henker! hat sie mit mir? sie schmeichelt mir, und beschimpfet mich!

Neunter Auftritt.
Moliere, Valerio.
Moliere.

Was giebt es neues? haben sie mit meiner Frau geredet? was gab sie ihnen für eine Antwort? eine zärtliche?

Val. Sie war ein wenig hart.

Mol. Das erstemal mus man ja ein wenig zornig thun. Aber nunmehr gehöret sie ganz ihnen zu: nicht wahr?

Val. Kein Mensch wird sie mir mehr nehmen.

Mol. Wohlan, was für eine Antwort bringen sie mir zurücke?   Val.

Val. Diese. Er hebt die Hand auf, als wenn er ihm eine Ohrfeige geben wollte.

Mol. Mir eine Ohrfeige?

Val. Ich habe sie von ihrer Frau auch bekommen.

Mol. Warum?

Val. Das weis ich nicht.

Mol. Das ist doch wahrhaftig schön.

Val. Das ist doch in der That recht garstig.

Mol. Haben sie einen rechten Verliebten bey ihr vorgestellt?

Val. Ich trette ihr diese Ehre ab: sie war die erste.

Mol. Ey gehen sie! das glaube ich ihnen nicht. Wenn sie mit Ohrfeigen zu schaffen hat, so darf ich ihr nun wohl trauen. Aber über sie muß ich lachen.

Val. Ich lache gar nicht, Moliere! ich bin ihnen zwar mein ganzes Glück schuldig: aber wenn ich bey ihrer Gesellschaft bleiben sollte, um schlim gehalten zu werden, so würde mir ihr Brod allzusauer. Es thut mir leid sie zu verlassen. Aber ihre Frau soll mich nicht für einen Tölpel halten; der Schimpf den sie mir anthat, fordert eine andre Genugthuung, als einige leere Worte; ich will mir sie schon selbst verschaffen. ab.

Mol. Ha,ha, er bringet mich zum lachen. Gehe er immer hin, ich bin sein gehorsamer Diener. Wenn mir Guerrina treu ist, kann ich erst recht groß thun. Was haben sie denn ohne mich zu hoffen? Die Welt erkennet bereits ihren Irthum,

E 3

und

und lernet noch immer mehr: nachdem sie das Gute verkostet hat, machet sie sich zu dem Bessern fertig. Marktschreyer, Possenreisser, abentheurliche Dichter, elende Dintenklecker! euere Zeit ist nun zu Ende. Molieren verlangen itzt die Leute: sie wollen zu witzigen und ehrbaren Scherzen, als vernünftige Menschen lachen, und nicht als sinnlose Thiere. ab.

Fünf=

Fünfter Aufzug.

Erster Auftritt.

Guerrina, Foresta.

Foresta.

Geschwind, geschwind Madame! es ist keine
Zeit mehr zu verlieren.

Gue. Warum denn? Ist etwa mein Mann
wieder närrisch geworden?

For. Nein. Aber das ist der Augenblick
ihn vollends zurechte zu bringen. Die Ohrfeige, welche sie dem Valerio gegeben, hat
ihre Wirkung gethan. Jetzt müssen sie sich
der Gelegenheit bedienen, sonst ist alle Mühe
verlohren. Valerio hat sich von la Brie
wieder besänftigen lassen: und sie berahtschla-
gen sich miteinander, das ist ein böses Zeichen.
Moliere läßt sich leicht wieder aufbringen.

Gue. Es geschah ja auf deinen Raht, daß
ich verschob, in das Kloster zu gehen.

For. Itzt ist es Zeit zu gehen. Da ihr
Herr nun in sie ganz verliebet ist, wird er
seine Unsinnigkeit beweinen, und ihnen alles
eingehen, um nicht auf das äußerste zu kommen. Was Henker! erwarten sie denn
noch?

Gue. Ich erwarte einen Wagen: der Marquis hat mir den seinigen versprochen. Ich
erwarte auch Leandern, daß er mich beglei-

te

te : möchte er doch bald kommen ! Wenn hernach alles in Ordnung ist, werde ich den wichtigen Entschluß unternehmen, der ihn wird rasend machen.

For. Da kömmt Leander eben recht.

Anderter Auftritt.

Leander, und die Vorige.

Guerrina.

Kommen sie doch einmal.

Lea. Sie haben wenig Wein, und ich habe viel Durst: darum habe ich anderwärts einen guten gesuchet. Verzeihen sie, daß ich so lange verweilet habe.

Gue Nu ja, ich verzeihe es ihnen. Ich habe ihrer vonnöthen, aber versagen sie mirs nicht: sie sollten mit mir kommen, doch den Ort verschweige ich ihnen, wohin ich gehe.

Lea. Mit ihnen, Madame ! gehe ich bis an das Ende der Welt.

Gue. Ich erwarte nur den Wagen.

Lea. Wie viel Meilen werden dahin seyn ?

Gue. Warum ?

Lea. Alle zwey Meilen ist zum wenigsten eine Flasche vonnöthen.

Gue. Das kann leicht seyn. Foresta ! richte ein paar Flaschen Burgunder zusammen; wann der Wagen kömmt, laß sie hineinthun, und sage mirs hernach.

For.

For. Ich werde sie den Augenblick bedienen. Wenn er sich aber auf dem Wege viehisch aufführet, schmeissen sie ihn in einen Graben, so bleibet der Wein frischer. ab.

Lea. Die möchte gerne mit mir anbinden. Eine Flasche Wein ist allemal mehr werht, als ein Weib; die Weiber achtet man für nichts: aber der Wein ist so schätzbar, als ein Aug.

Gue. Wir wollen in mein Zimmer gehen, es kömmt jemand daher.

Lea. Wider diesen wichtigen Grund darf man den Frauen nichts einwenden.

Gue. Das ist nun der wichtige Augenblick. Ich muß das äusserste unternehmen: aber in was für einer grossen Unruhe ich mich befinde, weis niemand, als der es selbst erfährt. ab.

✳✳✳✳✳✳✳✳✳✳✳✳✳✳✳✳✳✳✳✳✳

Dritter Auftritt.

La Brie, Valerio.

Brie.

Seyn sie mir nur treu. Hören sie, wie ich sie, und mich rächen werde: Guerrina erwartet einen Wagen, von dem Marquis d'Estramb. Ich habe ihm zu rechter Zeit Nachricht gegeben, und unsere Vorschläge werden zu einem guten Ende gelangen, ohne das wir die Nacht erwarten. Er schreibet mir in diesem Zettel, daß er den Kutscher schon

die

die nöthigen Befehle gegeben hat; die anderen Kuntschafter sind an dem bestimmten Orte bereits angestellet. Er wird Guerrinen entführen, und sie wird sich wohl mit ihm vergleichen. Moliere muß unsern Reden Gehör geben, und wird sich mit uns verstehen. Wenn Guerrina anderswo ist, hat er unser vonnöthen, und wir haben einen gewonnenen Handel.

Val. Es gehet alles unvergleichlich. Die Ohrfeige thut mir noch wehe, die mir dieser Schnabel gegeben hat. Sie verführte mich, daß ich sie beynahe verlohren hätte. Ich gönne ihr diese Kurzweile, und bitte den Himmel, daß sie wohl gelingen möge. Aber der Marquis hat sich in einen garstigen Handel eingelassen. Heute zu Tage nimmt man keine Frau mit Gewalt: der Hof mag sich wohl darein mischen.

Brie. Je nu da mag er zusehen. Aber ich möchte nicht, daß uns da jemand beysammen anträffe. Ich erwarte sie in meinem Zimmer.

Val. Es ist mir selbst daran gelegen, den Ausgang davon zusehen. Aber gehen sie, es überfällt uns Moliere: was sollte ich mit ihm anfangen?

Brie. Halten sie sich auf alle Fälle gefaßt. ab.

Val. Es kömmt nur darauf an, daß ich kann. Heute ist ein gefährlicher Tag. Bey verliebten Leuten, kann man mit der Staatsklugheit nichts ausrichten.

Vier-

Vierter Auftritt.

Moliere, Valerio.

Moliere.

Ach armer Moliere! Valerio. = = Freunde = = Helfet.

Val. Sehe man wieder die Raserey. = = = Was gibt es denn?

Mol. Ich bin verloren. Guerrina verläßt mich, ohne mir ein Wort davon zu sagen. Sie versperret sich in ein Kloster. Foresta hat mich verrahten, und ich trauete ihr, nun ist sie mit sechs Pferden fortgefahren. Ach! was sollte ich unglückseliger Mann jetzt thun? aber ich habe mir selbst dieses Unglück zugezogen. Ich erkenne, daß sie mich liebete: allein es ist zu spät. Ich habe über deine Ohrfeigen gelachet: aber das Gelächter war mein Gift: nun wütet das Feuer in meinem Eingeweide. Ach ungerechte Sterne!

Val. Sie weinen, und ich sollte lachen: aber ich habe kein Wolgefallen an ihrem Unglücke. Wenn Guerrina von ihnen fliehet, ey so lassen sie sie immer gehen. Fürchten sie etwa, sie wird nicht wiederkommen, wenn sie sie nicht bitten? (ich wette, um was er will, daß sie nicht mehr kömmt.) Wollen sie, daß sie sich rühme, sie hätte die Zierde der Schauspieler zum Weinen gebracht? ach Moliere, eine so große Philosophie ist bey dem Schau=

spie=

spielergewerbe ein Sparren von der Thorheit. Wir müssen in vier = und zwanzig Stunden des Tages immer eine Comödie, auch ausser dem Theater spielen; bald diese, bald jene Person vorstellen; manchmal gute Leute hassen, und schlimme lieben; alle in das Gesicht loben, und hinterrücks ihnen so böse, oder noch böser nachreden, als man uns thun kann. Wenn sie es künftighin nicht so machen, werden sie zwar ein grosser Dichter; aber kein grosser Schauspieler seyn.

Mol. Sie wissen nicht, was sie reden. = Ihre Satire ist sehr alber. Ich mag zu meinem Unglücke seyn, wie ich will, so verwirre ich mich nicht. Wir sind alle Schauspieler: und die Welt ist eine Comödie. Einer stellet auf dieser grossen Schaubühne den König vor; der andere den Narren. Es fehlet niemals an Ränten und Betrügereyen; an untreuen Dienern und Verwandten; an lügenhaften und verstellten Freunden. Die Tugend ist eine Larve, unter welcher das allerschändlichste Laster in mancherley Gestalten anlocket, betrüget, und wolgefällt. Wir sollen über unsere eigene Fehler lachen, da wir über andere lachen. Wir sind das Schauspiel: wir sind die Zuschauer; und das Schauspiel gefällt uns, ob wir es gleich erst damals verstehen, wann der Tod kömmt, und den Vorhang herab läßt.

Fünf=

Funfter Auftritt.

Guerrina, Foresta, und die Vorigen.

Guerrina.

Erschrocken. Mein Gemahl! = =

For. Ach Herr! = =

Mol. Himmel! Molier = = was siehst du?

Bal. (Jetzt stehe ich wol recht frisch.)

Gue. Ach mein wehrter Mann! was für
ein Zufall! = = was für ein Schrecken! es ist
ein grosses Wunder, daß du mich lebendig
siehst.

For. Der Athem bleibt mir aus.

Mol. Ihr machet, daß mir das Herz
pocht. Saget doch, was ist geschehen?

Gue. Um dir endlich zu willfahren, und
mich in das Kloster einzusperren, ließ mich
der Marquis mit seinem Wagen abführen,
Leander, und Foresta begleiteten mich. Ausser
der Stadt fuhren wir sehr schnell, und bald
darauf merkte Leander, daß uns der Kutscher
gegen den Wald führte, und schrie ihm zu,
er sollte auf der rechten Strasse bleiben. Zu-
erst fiengen sie mit Worten an: sodann ge-
riethen sie in ein Handgemenge, sprangen
beyde auf die Erde, und fluchten entsetzlich.
Foresta heulete: ich ward ganz verzagt, und
weinete. Endlich stieß Leander den Kutscher
mit dem Degen zu Boden: aber der Degen
brach. Nun verfolgte ihn der Postknecht, indem

dem der Kutscher entfloh: er sprang in den
Wagen, ergrif zu seiner Wehr, was ihm in
die Hand kam: und erwischte zum Glücke ei=
ne Flasche: die warf er dem Postknechte mit
solcher Gewalt in das Gesicht, daß er mit
Weine und Blute beronnen zurückfiel. Er
wollte ihn vollends umbringen: aber dieser
bath um Gnade, und entdeckte ihm einen
schrecklichen Anschlag des Marquis. Diese Bu=
ben hatten Befehle mich in das Gehölze zu
schleppen, allwo ein ander solches Gesinde ver=
stecket war: und diese hätten mich, wer weis
wohin, führen sollen. Der Himmel hat mich
gerettet: nun bin ich da. Ich kann dir meine
äusserste Gefahr nicht besser erklären: denn
ich zittere noch am ganzen Leibe.

Sor. Umarmen sie sie, damit sie nicht zu
Boden sinke.

Mol. Ach! ich möchte vor Schrecken selbst
ohnmächtig werden.   Sieh, meine werthe
Gemahlin, was für einer grausamen Gefahr
du dich ausgesetzet hast, weil du deinen Mann
nicht liebest, wie du solltest.

Gue. Ach Grausamer! schäme dich, indem
ich dir alles thue, daß du nicht eifersüchtig
seyn sollest: erkenne endlich, wer ich bin.
Wenn ich dich nicht liebete, Undankbarer!
würde es ja bey mir gestanden seyn, mit dem
Marquis zu entfliehen: wer würde mich denn
aufgehalten haben? aber Guerrina ist ein
ehrliches Weib: sie ist Molieren immer treu
gewesen: sie wird immer seine Gattin seyn:
aber seine Sclavin ist sie dennoch nicht. Wenn

die

die Erkenntniß deines Irthumes vermögend
ist, dich klug zu machen, will ich die Liebe
preisen, welche mir so viel Schmerzen verursachet hat: ich will die Thränen preisen, welche mich deine Eifersucht schon von so langer
Zeit her gekostet hat. Thue nunmehr die Augen auf: Guerrina verdienet es wol. Ach!
wehrter Gemahl, ändre dich doch einmal. Ich
bin dein gewesen: ich bin noch dein: und wenn
es dir noch ferner gefällt, werde ich dein seyn,
so lange ich lebe. Aber leben wir nur im
Frieden.

Mol. Genug, Guerrina, genug. Das Licht
gehet mir auf: du machest, daß ich die Wahrheit mit Händen greiffe. Ich danke deiner
Liebe: ich danke auch Leandern: und werde
nimmermehr aufhören den Himmel zu danken.
Ich bin euch dreyen ein Gut schuldig, welches ich so sehr gewünschet, und beweinet habe, da ich es hätte verlieren sollen. Ich will
nicht mehr eifersüchtig seyn: denn ich sehe,
wer Guerrina ist. Wenn sie doch mein Übel
gewesen ist, so soll sie nunmehr die Arzney
dafür seyn. Komme in meine Arme. Ich bitte dich um Vergebung, meine Geliebte; ich
weis, daß ich sie nicht verdiene: doch hoffe ich
sie zu erhalten. Wo ist denn Leander?

Gue. Er wird den Marquis aufsuchen.

For. Sehen sie, da kömmt er zurücke.

Sechster Auftritt.

Leander, und die Vorigen.

Moliere.

Komme, mein Wehrtester: du verdienst alle Liebkosungen.

Lea. Siehst du, daß der Wein auch seine Tapferkeit zeigen kann. Erfreue dich mit mir; ich erfreue mich auch mit dir. Ohne mich würdest du den heutigen Tag in einer traurigen Einsamkeit zubringen. Das schönste ist, daß ich von dem Marquis erfahren habe, wer ihm zu diesen so erstaunlichen Unternehmungen gerahten hat. Unvergleichlich, Herr Valerio! wo ist ihre theure la Brie?

Val. La Brie mag selbst für sich sorgen: ich forge nun für mich. Ja, Moliere; ja, mein Freund, ich habe auch an dieser grausamen That, zum wenigsten mit der Stimme, einigen Antheil gehabt: Liebe, Zorn, und Rache machten mich zu diesen Unternehmen kühn: ich gebe die Schuld ihrer Gütigkeit, und meinem Geschicke. Ich bitte sie um Vergebung: la Brie kann mir bezeugen. = = =

Letzter Auftritt.

La Brie, und die Vorigen.

La Brie.

La Brie hat nicht so viel Schuld, als man glaubet. Wenn der Marquis da wäre, könnte ich ihm weisen. = = =

Mol. Fort, fort: ich vergebe allen, und man soll nicht mehr davon reden.

For. O das heisse ich philosophisch handeln.

Mol. Erfreuet euch mit mir, meine Freunde. Von dieser Stunde sollen meine glückseligen Stunden anfangen. Erfreuet euch, weil Guerrina nun wieder mit ihrem Mann immer in Frieden leben wird.

Lea. Der wird nicht drey Tage dauern.

Mol. Schweige, ich bitte dich, mit dieser unglücklichen Weissagung. La Brie soll den Valerio heiraten: Guerrina wird sie lieben. Es soll aller Haß aufhören. Wir wollen künftighin in Frieden leben.

Lea. Den Frieden unter Schauspielern habe ich meine Lebtage nicht gesehen.

Mol. Du sollst ihn sehen, du sollst ihn sehen. Ob dich gleich der Wein erst tapfer gemachet hat, soll er dich doch dasmal nicht zum Wahrsager machen. Die Zwentracht hat unter uns geherrschet, weil die Glieder schwach sind, wenn das Haupt nicht gesund ist: wenn

mir

mir aber die Eiferſucht das Herz nicht mehr
beunruhiget, weis ich ſchon eine Art, den
Neid zu überwinden. Wenn ich einmal im
Hauſe Frieden habe, mögen mich immer
Schauſpieler und Afterpoeten beſtreiten: ich
traue mir allen Meiſter zu werden: und in mei=
nen Theatern werden auch die abgeſchmackte=
ſten Leute den Schauſpielern Beyfall geben,
und den Verfaſſer entſchuldigen.

E N D E.

www.ingramcontent.com/pod-product-compliance
Lightning Source LLC
Chambersburg PA
CBHW022010050726
47499CB00008BA/2781